En Ranger mot världen

HÖGOKTANIG ROMANTISK SPÄNNING — ELITSOLDATER, FARA OCH KÄRLEK

Caitlyn Lynch

SHENANIGANS PRESS

INNEHÅLLSFÖRTECKNING

KAPITEL ETT

DEN SKÄRANDE RINGSIGNALEN BARA några centimeter från ansiktet väckte Pascal Montoya ur en djup, utmattad sömn. Utan att öppna ögonen sträckte han ut handen, grep telefonen och förde den till örat.

”Vad?” morrade han.

”Operation Spinifex är aktiv”, sa en lugn kvinnlig röst i andra änden. ”Biträdande direktör Spires kräver att du kommer till hennes kontor omedelbart.”

Pascal slog upp ögonen redan efter de två första orden. ”Jag är där om en halvtimme. Jag är hemma”, muttrade han och tryckte sig upp till sittande.

”Biträdande direktören har skickat en bil till dig.”

”Självklart har hon det.” Han avslutade samtalet och kastade telefonen på madrassen, gnuggade ögonen och gäspade innan han reste sig, långsammare än han hade velat.

”Medelåldern hinner ikapp mig”, mumlade han på väg mot badrummet. ”Eller så handlar det bara om att jag fick två timmars sömn.”

Trettio minuter senare klev han ändå ur bilen vid Langley, drog sitt passerkort vid den första av flera dörrar och gick mot sin chefs kontor. Biträdande operationsdirektören Amanda Spires satt vid sitt skrivbord, oklanderligt klädd i en midnattsblå sidenkostym med kjol, full makeup trots att klockan var nästan tre på morgonen.

"Skönt att du kunde ansluta, Montoya", mumlade Spires utan att se upp från skärmen framför sig. "Jag är strax klar."

Han satte sig att vänta, lutade sig tillbaka i den sköna kontorsstolen och såg sig omkring. Trots sin höga rang inom byrån hade Spires inte något flott hörnkontor med utsikt över gräsmattorna, utan en fönsterlös kub djupt inne i byggnaden. Ett kontor med öppna dörrar för de agenter hon skickade ut i fält för att göra grovjobbet åt staten.

"Tack för att du väntade." Spires plockade ur en öronsnäcka och släppte ner den i skrivbordslådan. "Förlåt att jag drog hit dig mitt i natten, särskilt som du precis kom hem från Durban, men det kan inte vänta."

"Din assistent sa att Spinifex är aktiv?"

"Korrekt." Spires log spänt. "Vi har följt snacket i månader och verifierat uppgifterna. Så gott det går. Fortuna har verkligen en portföljladdning med kärnvapen... och han förbereder sig för att sälja den till högstbjudande."

Pascal stramade också till i munnen. Han hade jagat en ingång till den svårfångade vapenhandlaren som kallades Baz Fortuna i åratal, inte bara månader. Ända sedan CIA satte upp hans täckidentitet som mäklare själv.

"När går auktionen av stapeln? På Dark Web, antar jag?"

”Ja och nej. Han auktionerar ut platser vid budbordet på Dark Web, men själva auktionen kommer att ske på en plats som ännu inte avslöjats.”

”Du måste få in mig.”

”Lär inte mormor suga ägg, Montoya.” DDO:n log snett. ”Vi fick nys om det lite sent. Det finns en plats kvar... och auktionen stänger om tio minuter. Följ med.” Hon reste sig och vinkade att han skulle följa efter.

De gick mot ett av de närliggande operationsrummen, en högteknologisk enklav som var full även vid den här tiden på natten, där tekniker arbetade vid arbetsstationer med flera skärmar och hanterade operationer i realtid över hela världen. Spires ledde honom till en av sina favorittekniker, som tittade upp på dem över blåtonade halvmåneglas och nickade.

”Montoya. Ma'am.”

”Hur går budgivningen?” frågade Spires.

”Den stiger.” Teknikern nickade mot en av sina skärmar. ”Eller åtminstone tror Fortuna det. Jag har låst ute alla andra. Jag toppar på 228 000, vilket är 40 000 högre än något av de vinnande buden hittills. Högt nog för att verka legit; inte så högt att vi ser desperata ut.”

”Bra jobbat, Andy.” Spires knackade honom på axeln. ”Jag tog in Montoya ifall han snabbt måste verifiera sin identitet för Fortuna.”

”Möjligen, frun. Jag kom åt informationen om hur mycket de andra auktionerna stängde på, men jag kan inte se någon privat kommunikation som skedde mellan Fortuna och de andra köparna efteråt.”

”Vet vi vilka de är?”

”Jobbar på det.” Andy ryckte med huvudet mot en annan skärm till höger, där kodrader rullade för fort för att ögat skulle hänga med. "Jag är ganska säker på att en av dem är nordkoreansk."

"De har egna kärnvapen", påpekade Pascal.

"Otestade, och definitivt inte manburna. Enorma, klumpiga saker som du måste avfyra med en ICBM för att använda", sa Spires distraherat. "Vilket är aningen uppenbart. De skulle betala mycket för en liten enhet de kan baklängeskonstruera, och de är inte de enda."

"De skulle inte använda den?"

"Osannolikt. Men de är inte de enda potentiella köparna. Det finns terrorgrupper med väldigt djupa fickor, som du mycket väl vet. Skurkstater. Vapenhandlare som kan agera mellanmän, i hopp om att sälja vidare och ta en andel."

En timer under dollarbeloppet på Andys skärm räknade ner, och Pascal råkade titta just när skärmen plötsligt blippade till, blev svart i ett par sekunder och kom tillbaka igen.

"Timern blev just fel." Han pekade.

"Sa du vad?" Andy vred sig från kodskärmen för att titta.

"Skärmen blippade av i ett par sekunder, men timern tappade trettio sekunder." Pascal pekade. "Jag vet vad jag såg", sa han när Andy vände huvudet och gav honom en tvivlande blick.

"Det spelar ingen roll ändå. Det där är mitt bud. Och det sista går in nu", konstaterade Andy medan timern räknade ner till femton sekunder och dollarbeloppet ändrades. "Och... där satt den." Timern blinkade 0:00:00 och Andy höjde handen, uppenbart inställd på en high-five. "Vi vann!"

"Andy!" Spires pekade på skärmen, där dollarbeloppet just hade ändrats igen och hoppat upp ytterligare tjugo tusen dollar. "Vad i helvete är det där?"

"Skit!" Andy kastade sig över tangentbordet och började skriva frenetiskt. "Fan, fan, fan..."

"Vi har blivit överbjudna. Eller hur?" sa Pascal efter ett par minuter medan Andy skrev och svor.

"Herregud", muttrade Spires och lade handen mot pannan. "Det här är en jävla katastrof. Vem?"

"Jag tar reda på det. Jag svär... ge mig bara några minuter, ma'am..."

"Mitt kontor." Spires nickade åt Pascal, och han följde henne under tystnad, som bedövad.

"Vi måste in på den där auktionen. Vi vet inte ens var den äger rum." Spires kunde uppenbarligen inte stå still, hon gick av och an i sitt kontor. "Vi har försökt allt för att fånga upp Fortuna och den där förbannade bomben och har inte kommit någon vart. Jag förstår inte vad som hände..."

"Det verkar ganska uppenbart." Pascal satte sig och korsade armarna. "Någon är en bättre hacker än Andy."

"En bättre hacker, med bättre datorresurser och pengarna bakom, än vad byrån har?" Spires gav honom en misstrogen blick, stannade sedan i steget, som hejdad. "Vänta. Fan."

"Du tänker att det är en annan underrättelsetjänst. Mossad, eller kanske MI6?" gissade Pascal.

"Det måste nästan vara det, eller hur? Ja, Andy?" Spires nickade åt den skamsna teknikern att komma in. "Det är en annan tjänst, eller hur?"

"Jag önskar nästan att jag kunde säga att det var det, ma'am. Det hade varit mindre pinsamt att bli snuvad på konfekten av en kollega i branschen."

"Vem då?"

”Ett amerikanskt privat bolag, ma'am. Hestia Global Security.”

Spires stelnade till. Ett uttryck som Pascal inte riktigt kunde tolka for över hennes ansikte.

”Jag har inte hört talas om dem, ma'am. Vill du att jag fortsätter gräva?” frågade Andy, uppenbart angelägen om att gottgöra sitt misstag.

”Nej. Jag tar det härifrån. Du jobbar vidare med att hitta de andra auktionsdeltagarna. Vi måste veta vilka vi har emot oss.” Spires avfärdade honom med en nick och stängde sedan sin kontorsdörr, något Pascal bara sett henne göra vid några få tillfällen under de fem år han arbetat för henne.

”Du vet vilka Hestia är”, konstaterade han.

”Det gör jag.” Spires började gå igen, innan hon till synes fattade ett beslut och nickade skarpt. Hon lyfte luren på skrivbordet och tryckte på en knapp. ”Gör i ordning ett jetplan för avgång”, skar hon av till assistenten som svarade. ”Hoppas du packade en go-bag, Montoya.”

”Alltid”, sa Pascal torrt. ”Vart är det vi ska, exakt?”

”Kalifornien.” Spires visade tänderna i ett parodiskt leende. ”Los Angeles, för att vara exakt.”

Det var nästan lunch när Pascal och Spires klev ur bilen på parkeringen till en mindre kontorsbyggnad mitt i en intetsägande företagspark i sydvästra Anaheim.

"Är det här stället?" Pascal skuggade ögonen mot den heta Kaliforniensolen och kisade upp mot byggnadens fasad. "Det står inte ens något namn."

"Och på Google Maps står det att det är ett telefon-callcenter." Spires slog igen bildörren och strök över parkeringen med klapprande klackar, portföljen svängande i handen. "Det här är stället."

Biträdande direktören hade varit synnerligen fåordig under resan, och Pascal kände henne tillräckligt väl för att inte pressa henne. En snabb sökning på internet i telefonen hade inte gett någonting: Hestia Global Security verkade inte existera alls. Inte i något företagsregister eller onlinekatalog.

Hur får ett företag kunder när potentiella uppdragsgivare inte ens kan hitta dem?

Det fanns bara ett svar som var rimligt. Hestia behövde inte fler kunder, för de hade redan allt jobb de kunde hantera. Från staten.

Vilket innebar att Hestia antingen var ett utskott av staten själv – något svartfinansierat projekt – eller att de anlitades för uppdrag som staten inte kunde vara inblandad i. Uppdrag som krävde ett visst avstånd till officiell policy.

Med andra ord: sannolik förnekbarhet.

Glasdörrarna gled upp när de närmade sig och avslöjade en liten, till synes obemannad lobby. De enda dörrarna i sikte var ett par hissdörrar i rostfritt stål mitt emot dem.

Det fanns ingen hissknapp.

"Eh. Hur gör vi..." började Pascal, men hissdörrarna öppnades i samma ögonblick och avslöjade en ung kvinna.

Han visste inte riktigt vad han hade väntat sig, men det var inte långt, akvaturkost sjöjungfruhår som föll fritt ner till skulderbladen och en boho-inspirerad lila klänning med små bjällror broderade runt fållen som pinglade vid knäna, samt vita cowboystövlar.

Pascals blick vandrade oförstående från håret till stövlarna och tillbaka igen.

"Biträdande direktör Spires", sa den unga kvinnan leende. "Vilken ära. Och..?" hon kastade en blick på Pascal.

"Agent Pascal Montoya", sa Spires. "Vi är här för att tala med er tekniske direktör."

"Och har ni en bokad tid?" Den blåhåriga kvinnan skrattade, som om hon var med på sin egen vits. "Bara skojar, biträdande direktör. Den här vägen, om ni vill?"

De hade inte mycket val annat än att följa med henne in i hissen. Receptionisten – det var åtminstone vad Pascal antog att hon var – lutade sig mot en liten svart ruta på hissväggen. En näthinneskanner, insåg han, när en grön ljuslinje svepte snabbt över hennes ansikte innan dörrarna stängdes och hissen började röra sig.

"Hur kallar man hissen?" frågade han. "Jag såg ingen näthinneskanner på utsidan."

"Smart teknik." Hon höll upp handleden och visade en smartklocka. "Den här släpper in dig... men du behöver näthinneskanningen för att komma längre."

Hissen stannade och dörrarna gled upp igen och spottade ut dem i en neutral korridor med dörrar på båda sidor. Längre bort stod två män utanför ett rum och pratade kort; de tittade dit, såg gruppen som klev ur hissen och gick genast in i rummet och stängde dörren bakom sig.

"Honom känner jag igen", andades Pascal och letade i minnet. Han hade sett den längre av de två männen förut, och det tog bara några sekunder innan svaret kom till honom. "Det där var Drew Murphy. Vad skulle ett techsäkerhetsföretag vilja med honom?"

Han talade mycket tyst, och receptionisten, som gick före dem, borde inte kunna höra. Spires lutade sig närmare.

"Vem är han?" viskade hon.

"En elitskytt. En av Rangers bästa."

Pascal hade själv varit Ranger innan CIA rekryterade honom. Han hade inte känt Murphy väl, men Pascal glömde aldrig, aldrig ett ansikte. Det var förstås delvis därför han rekryterats; han tillhörde den cirka en procent av befolkningen som var superigenkännare.

"Intressant", hann Spires säga innan receptionisten öppnade en kontorsdörr – utan att knacka, noterade Pascal – och gestikulerade att de skulle gå in.

Kontoret där inne såg mer ut som en mindre version av den tekniska kommandocentralen de lämnat på Langley bara några timmar tidigare än som en enskild arbetsplats, men det fanns bara en kontorsstol i centrum av en hästsko av skrivbord, ett dussin skärmar hängde upphängda ovanför, och flera tangentbord och inmatningsenheter låg på borden.

Kontorsstolen var tom, och han och Spires utbytte en blick när receptionisten stängde dörren och stannade kvar i rummet med dem.

"Ah, den tekniske direktören?" frågade Spires artigt.

"Ja? Åh, jag ber verkligen om ursäkt. Jag presenterade mig inte. Jessikah Hagerty." Hon räckte fram handen till Spires för att skaka.

Pascal visste att hans mun måste ha fallit öppen, och Spires såg minst lika häpen ut.

" Du är teknisk direktör?" utbrast Spires. "Men du är..."

"För ung? Den får jag höra ofta. Jag är tjugosju. Men jag tog en master i datavetenskap från Berkeley när jag var arton och tillbringade fem år på NSA innan jag blev headhuntad hit." Jessikah gav ett illmarigt litet leende och satte ena höften mot hörnet av ett av skrivborden. "Dessutom vet ni att jag är tillräckligt bra. Jag hackade ju ut era tekniker från den där auktionen, eller hur?"

Kapitel Två

Biträdande direktör Spires återfick fattningen med beundransvärd snabbhet – det fanns goda skäl till att hon hade blivit befordrad till högre chefsposter inom CIA, antog Jess – men agenten som följt med henne stod fortfarande och gapade som en uppdragen fisk. Det var något märkligt bekant med hans ansikte. Jess studerade honom ett ögonblick, innan hon lade undan igenkänningen i ett mentalt fack för att ta fram senare. Hans namn ringde inga klockor.

”Kan jag erbjuda er en plats?” Hon gestikulerade mot den lilla sittgruppen vid det enda fönstret på hennes kontor – för mycket ljus störde skärmarna och hon höll persiennerna nere. ”Kaffe? Ni måste ha lämnat DC väldigt tidigt.”

”Efter att ha varit uppe hela natten med den där auktionen”, sa Spires torrt, gick bort till stolarna och tog en. ”Kaffe vore underbart. Tack.”

”Jag ser till att få in det.” Jess grep ett av sina tangentbord och skrev ett snabbt meddelande. ”Agent Montoya?”

Han hade inte rört sig, stod fortfarande och stirrade på henne, även om han åtminstone hade stängt munnen nu. Hon gestikulerade. "Vill ni ta plats?"

Montoya rörde sig, men långsamt, fortfarande med blicken på henne. Han var en stor man, bredaxlad, kostymen välskräddad och utan att strama över axlarna som kostymer ofta gör på stora killar. Han hade svart hår och ljusbrun hy, en något krökt näsa, ögonen en ljus whisky-guld, genomträngande i sin intensitet. Stubb skuggade en mejslad käklinje och en solfjäder av fina linjer runt de gyllene ögonen talade om att han kanske var lite äldre än de tidiga trettio hon först hade gissat på.

"Vad är det här för ställe?" sa Montoya skarpt utan att sätta sig. "Datorgrejer, det fattar jag... men aktiva operationer?"

"Varför säger ni det?" Hon korsade armarna och såg nyfiket på honom.

"För att jag kände igen en av killarna i korridoren när vi kom ut ur hissen. Drew Murphy."

Jess kände hela kroppen stelna. "Hur känner ni Drew?"

"Jag brukade vara Ranger. Drew minns mig kanske inte, men jag minns honom. Han är en elitskytt – en professionellt sanktionerad lönnmördare, med mindre fina ord. Och jag vill väldigt gärna veta vad en sådan man gör anställd på ett *privat säkerhetsföretag*."

Jess fnös. Hon gick förbi honom och tog själv plats, log mot Spires. "Ni kan fråga Drew själv, om ni vill. Han berättar gärna om olyckan som halvt gjorde honom blind, som gjorde honom oförmögen för tjänst i Rangers. En lite krånglig väg ledde honom till oss, men han är en värdefull medlem av vårt team. Och låt oss vara tydliga; ingen av bokstavsmyndigheterna hade tagit in honom på grund av hans *funktionsnedsättning*." Hon spottade nästan ut det sista ordet, fortfarande arg över det. "Han kan inte längre träffa en femtioöring på fyrahundra meter, men han är sannerligen inte oanvändbar, och vi använder honom definitivt inte som någon form av lönnmördare!"

Det blev tyst en kort stund och sedan satte sig Montoya, lutade lätt på huvudet mot henne. "Jag ber om ursäkt. Jag visste inte att Murphy hade varit med om en olycka."

"Och det är allt ni ber om ursäkt för?" Jess blinkade.

"Om vi kunde prata om själva sakfrågan?" avbröt den biträdande direktören innan Jess hann riva den dömande agenten ett nytt rövhål. "Er inblandning i en av våra operationer."

"Är det här där ni hotar att arrestera mig för att jag är ett nationellt säkerhetshot?" Road och helt orädd lutade Jess sig tillbaka i stolen och korsade benen.

"Nej, det är här ni berättar vem som finansierar er operation och sedan går jag till min motpart på den myndigheten och får dem att lämna tillbaka den till oss." Spires korsade också benen och log.

Jess tänkte efter. Tänkte på möjliga följder. Kom fram till att Spires ändå skulle ta reda på det, förr eller senare. "Homeland Security", sa hon till slut.

"Förstås." Spires utbytte en blick med Montoya, nickade. "Tack för ert samarbete, Ms. Hagerty."

"Vänta, var det allt? Ni flög personligen hela vägen hit bara för att fråga mig det?" Förvånad rätade Jess på ryggen.

"Jag tänkte att jag inte kunde skicka vem som helst. De skulle inte komma innanför dörren. Eller hur?"

"Tja, nej."

"Jag tvivlar inte på att ni visste att vi var er på spåren redan i går kväll. Troligen i samma ögonblick som min tekniker kom till mig med Hestias namn. Ganska möjligt lät ni honom hitta det."

Jess respekt för den biträdande direktören steg flera steg. "Ja, frun", medgav hon.

"Ni ville inte behöva mota bort oss förrän efter att auktionen avslutats", mumlade Montoya, och hon nickade stramt.

"För att vara ärlig, ja. Ni är välkomna att ta striden på de nivåer i Washington där ni verkar, biträdande direktör. Jag vill inte ha något med det att göra." Hon tvekade. "Men för att vara helt rättvis. Jag måste säga att ni inte har mycket tid. Jag har 24 timmar från det att auktionen stängde på mig att lämna ytterligare kredentialer till Fortuna, och sedan 48 timmar från det att ta mig till en plats han ännu inte har utsett, för själva auktionen."

"Skit." Spires mun drogs snett och Jess förstod. Hjulen i Washington snurrade ganska långsamt. Det sista Spires behövde var något myndighetsgräl om vem som hade jurisdiktion och ledde operationen.

"Så jag måste be er att lämna över snyggt och låta oss sköta det här", sa Jess, mer i hopp än i optimism. CIA var inte direkt kända för att backa ur snyggt, enligt hennes erfarenhet.

Spires såg fundersam ut, knackade fingertoppen mot läppen. "Vem skickar ni in? Inte ni, får man anta." Hon gav ett föraktfullt litet skratt. "Om ni nu inte också lyckats bygga upp ett rykte som internationell vapenhandlare som jag inte känner till. Er meritlista är imponerande, men..."

"Inte så imponerande." Jess drog ett djupt andetag och påminde sig om att hon ständigt fick hantera att folk antog att hon inte var kompetent på grund av sin ålder. Fast sanningen var att det hände mycket mer sällan nu än förr, eftersom hon mest interagerade med folk via tangenterna nuförtiden. "En av mina kollegor ska spela rollen som en missnöjd politiker med mörka pengar i ryggen..."

Spires skakade redan på huvudet. "Det kommer inte att fungera. Fortuna är extremt misstänksam. Er man kommer inte ens att ta sig fram till auktionen. Ni behöver någon vars rykte håller för granskning." Hennes leende var hajlikt. "Någon som Pascal."

"Förlåt, hur exakt lyckas en CIA-agent klara Baz Fortunas granskning?" Jess hånlog, men den del av hennes hjärna som fått i uppgift att minnas varifrån hon kände igen Montoyas ansikte höll äntligen på att dra upp minnet till ytan.

"Pascal är djupt under cover och har varit det sedan han gick med i myndigheten. Som..."

"Pascal Montalban." Plötsligt föll bitarna på plats. "Det är därifrån jag känner igen ditt ansikte. Du finns på massor av bevakningslistor. En fransk-algerisk mäklare åt världens mest eftersökta krigsherrar."

Han tippade på huvudet och log snett. "Mycket bra."

"Jag körde dig genom fel ansiktsigenkänningsdatabaser", mumlade hon, besviken på sig själv. "Jag antog att du var legitim."

"Jag är legitim!" Pascal såg irriterad ut.

"Känner Baz Fortuna personligen, gör ni?"

"Inte än. Men det kommer jag. När ni har lämnat tillbaka kontrollen över operationen till oss."

Jess bet sig i läppen och såg från den ena till den andra av CIA-agenterna. Hon var tvungen att medge att Pascal Montalban skulle ha mycket större chans att ta sig in i Fortunas innersta helgedom än Hestias ursprungliga plan.

Hon gillade bara inte att släppa kontrollen över det hon slitit så hårt för att få till stånd, och hon visste att Homeland Security skulle vara missnöjda med att hon lät CIA klampa in och ta över utan strid.

"Hur vore det med en gemensam operation?" föreslog hon.

Spires såg road ut och gav ifrån sig ett avfärdande litet ljud. Pascal däremot lutade på huvudet och verkade granska henne på nytt.

"Fortsätt", sa han långsamt. "Sälj in det till mig."

"Jag har redan demonstrerat mina tekniska färdigheter. Faktum är, vid det laget ni flugit tillbaka till DC och jag har lämnat över till era *underlägsna* tekniker, kommer 24 timmar i princip att ha gått, och sedan måste ni röra er snabbt för att hinna fram till mötet, var det nu än är. Stanna här så kör vi den första kontakten härifrån. Verifiera era meriter. Jag fortsätter ge all teknisk support ni behöver genom hela operationen. I samarbete med ert folk, om ni insisterar. Och om det visar sig att vapnet eller Baz Fortuna finns på amerikansk mark, låter ni Homeland sköta insatsen. De blir nöjda med det." Hon trodde inte att det var särskilt sannolikt – Fortuna var alltför slug för att låta sig tas på amerikansk mark – men så länge problemet löstes skulle Homeland inte klaga.

Montoya såg på Spires. "Jag tycker att vi ska tacka ja."

Spires stirrade på honom. "Montoya, är ni galen? Hon är..."

"Kompetent."

Förbluffad blinkade Jess och stirrade på honom. "Betalade ni mig just en komplimang?"

"Ni sa det själv. Ni har demonstrerat er kapacitet. På allvar, frun", sa han till Spires, "kan ni nämna en annan hacker som hade kunnat hacka Andy ur en situation han hade under full kontroll? Med så exakt tajming? Kan ni ens säga mig var vi skulle börja leta efter en sådan person?"

Spires knackade med nageln mot läppen igen. "Nej", medgav hon till slut, lät blicken gå över Jessikah innan hon åter såg på Montoya. "Ni har inte fel om hennes förmågor, men ni skulle lägga ert liv i hennes händer. Det är ert beslut."

"Då säger jag att vi kör."

Det var inte det utfall hon väntat sig av mötet, men Jess tänkte inte klaga. Hon räckte fram handen till Montoya, som skakade den, starka fingrar slöt sig kring hennes och grep stadigt. Ett ögonblick trodde hon att han siktade på ett krossgrepp, men han släppte innan nypan.

Hennes klocka kvittrade diskret och Jess reste sig, gick bort till dörren. "Det där blir kaffet. Kom in. Åh... Liane."

Det var hennes syster Liane som bar in kaffet. En högt tränad före detta ATF-agent som nästan hela sin karriär tillbringat under täckmantel, var hon den som var tänkt att gå in som den presumtiva köparen av kärnvapnet. Liane hade anmält sig frivilligt, och hon var sannerligen kapabel, men med tanke på vad Spires hade sagt var Jess i hemlighet glad att Liane skulle slippa gå.

"Kan du be Drew komma in?" bad Jess lågt medan hon tog brickan ur Lianes händer.

"Visst." Liane höjde frågande på ögonbrynen.

"Tydligen är killen före detta Ranger. Han kände igen Drew."

"Jaha." Liane nickade dock och vände sig för att gå.

"Och kom tillbaka själv sen. Ändrad plan kring Fortuna. Det blir inte du som går in."

”Kan inte påstå att jag är ledsen”, medgav Liane med ett snabbt grin. Hon slank ut igen och Jess vände tillbaka mot sittgruppen. Montoya reste sig ridderligt för att ta brickan och ställde den varsamt på bordet, och hon mumlade sitt tack.

Liane hade inte bara ställt en kaffekanna med mjölk, socker och koppar på brickan, utan också ett fat med flera brownies. Jess sneglade på dem hungrigt. Hon hade inte sovit mycket efter uppståndelsen med morgonens auktion, och frukost hade det inte blivit än.

”Varsågoda, ta för er”, sa hon älskvärt, och väntade tills Montoya och Spires hade gjort det innan hon hällde upp en stor svart kaffe åt sig själv, hällde i fyra skedar socker och tog en brownie.

Hon såg Montoya le ner i sin egen, osötade svarta kaffe. Så klart. Han hade säkert börjat dricka den så i Rangers och aldrig slutat. Spires hade hällt i en skvätt grädde, men inget socker, även om hon hade låtit sig frestas av browniesen och satt och tog små, försiktiga tuggor.

Dörren öppnades igen och Drew och Liane kom in. Montoya ställde ner sin kopp och reste sig med ett leende; till Jess stora förvåning förändrade uttrycket hans ansikte totalt, från ganska stram stränghet till en nivå av snygghet som faktiskt fick henne att blinka.

”Drew Murphy, i egen hög person. Trevligt att se dig.”

Drew log också, tog ett steg fram och räckte fram handen. ”Major Montoya. Det var längesen.”

”*Major*”, formade Liane ljudlöst till Jess, med ett imponerat uttryck. De visste båda lite om hur svårt det var att nå grad inom Rangers, där bokstavligen varje soldat redan var i den översta enprocenten. Drew, när han talade om officerarna han tjänstgjort under, gjorde det med stor respekt.

"Fanjunkare... var det där du stannade? Jag har alltid tyckt att du hade kunnat gå officerarbanan." Montoya nickade mot Drews ärrade öga, den blå iris grumlig. "Jag beklagar skadan. Det måste ha varit traumatiskt."

"Fick mig ur balans mentalt ett tag, men jag hittade en ny sak att slåss för. Visar sig att jag duger till mer än att bara trycka på avtryckaren." Drew tog kondoleansen med grace. "Privata sektorn betalar mycket bättre också." Han tippade menande på huvudet mot Spires. "Förmodligen mycket bättre än till och med er avdelning av staten."

Spires gav ifrån sig ett misstroget skratt. "Försöker ni rekrytera honom rakt under näsan på mig?"

Drews flin var helt utan ursäkter. "Tja, Jess skulle ha sista ordet... men jag skulle gå i god för honom."

De småpratade i ytterligare ett par minuter och sedan gick Liane och Drew igen, och stängde dörren efter sig. Jess satte sig och förberedde sig mentalt. Det fanns ingen chans att Spires skulle missa innebörden.

"Sista ordet, hm?" sa Spires omedelbart. "Varför känns det som att teknisk direktör inte är er enda titel på Hestia Global Security, Ms Hagerty?"

Jess grimaserade. "Så kanske 'grundande partner' vore lite mer korrekt", sa hon, "men kom igen... kan du klandra mig? Se hur du reagerade på min ålder och hur jag ser ut. Jag skulle aldrig få förtroendet att hantera något känsligt om du trodde att det var här ansvaret slutade."

Det blev en lång, laddad tystnad, och sedan sa Montoya: "Grundande *partner*?"

Hon suckade, nickade. "Min partner är 'ansiktet utåt' för höga myndighetspersoner. Han hade en lång och framstående karriär inom flottan och satt sedan en mandatperiod i kongressen. Vi möttes när jag arbetade för NSA, en black hat-hacker stal konfidentiell information från hans datorer och jag fick i uppgift att spåra gärningsmannen och återfå materialet. Jag var på väg att säga upp mig och lista ut hur jag skulle starta Hestia på egen hand... man kan säga att det var jag som rekryterade honom. Han är en galjonsfigur. Tillbringar större delen av sin tid på golfbanan."

"Ni är väldigt ärlig", sa Spires, lutade på huvudet och granskade Jess nyfiket. "Det gillar jag. Och av allt jag hört om Hestia har ni ännu inte misslyckats med att leverera resultat, vilket jag gillar ännu mer. Ni har folk som Drew Murphy och er syster som arbetar för er – ni presenterade henne inte, men jag kände igen henne. Före detta ATF-agent. Nystade upp det där MC-gängets människohandelsnätverk i Idaho förra året", sa hon till Montoya, som uppenbarligen inte hade en aning om vad hon pratade om men nickade ändå. "Var det henne ni planerade att skicka in till Fortuna?"

"Ja, och om jag ska vara ärlig är jag glad att hon slipper gå. Hon är en briljant undercoveragent, men täckmanteln vi byggt åt henne är tunnare än jag vill. Dessutom skulle hon som kvinna troligen ha en annan typ av nackdel i den situationen. Vi hade hoppats skicka in Drew som livvakt också, men det finns inga garantier för att Fortuna skulle tillåta det. Det här?" Jess gjorde en cirkel med fingret och indikerade dem tre. "Enligt min professionella bedömning har det mycket större chans att lyckas."

"Jag håller med", sa Spires, vilket överraskade henne lite. "Och för att vara ärlig tillbaka, Ms. Hagerty, om ni inte uppenbart gjorde det väldigt bra för er i den privata sektorn, skulle jag förtvivlat försöka rekrytera er till myndigheten just nu. Som det är, tror jag att vi definitivt kommer att anlita Hestias tjänster i framtiden. Nå." Hon klappade händerna samman. "Måste vi vänta 24 timmar med att lämna dessa kredentialer till Fortuna, eller kan vi sätta igång nu så att Montoya och jag kan hitta ett hotell och få lite förbannad sömn?"

Kapitel tre

Fortuna hade riggat hur många virtuella hinder som helst för dem att hoppa igenom, men Montoya tog sig igenom dem alla med bravur. Han hade en hel uppsättning till synes fullständigt legitima dokument för Pascal Montalban.

"Mäklar Montalban bara vapen?" mumlade Jess, fingrarna flög över tangenterna medan Montoya stod bakom henne och såg vad hon gjorde.

"Allt hans kunder önskar", svarade Montoya, och hans varma andedräkt snuddade vid hennes öra.

Jess bet tillbaka en rysning. "Det måste vara lukrativt. Låter Byrån dig behålla någon del av din provision?" skämtade hon.

Hans förnärmade tystnad var svar nog.

"Så", sa hon och knackade en trubbig nagel mot Enter-tangenten. "Det borde vara allt."

Ett meddelande kom tillbaka några sekunder senare.

”Ugh, inte allt! De vill ha 30 sekunders video där du läser en pappersutgåva av en dagstidning som publicerats i dag. Och vi har en timme på oss att leverera.”

”Det ger ingen tid att göra en deepfake”, mumlade Montoya. ”Det måste vara jag på riktigt.”

”Nej... men jag tror inte att någon i byggnaden har en *pappers*utgåva. Jag får skicka ut någon för att köpa en.”

”Inte nödvändigt”, sa Spires och öppnade sin attachéväska. ”Här är morgonupplagan av *Washington Post*. Räcker det?”

”Jag antar det”, sa Jess. ”Men vill du verkligen ha en tidning från Washington? Om jag vore vapenhandlare skulle det liksom skrika *regeringsagent under täckmantel* lång väg för mig.”

Spires såg tagen ut, som om det inte ens hade slagit henne. Smart kvinna, men en som inte lämnade sin lilla DC-enklav tillräckligt ofta, gissade Jess. Hon skrev snabbt ett meddelande och bad Liane att skaffa en tidning så fort som möjligt.

”En San Diego Union-Tribune om vi kan få tag på den”, mumlade hon och lade till det i beställningen. ”Den borde gå att få tag på, och den pekar inte ut vår plats. Har Montalban några kopplingar till San Diego?”

”Hur många affärer som helst som avslutats där med kunder på båda sidor gränsen. Bra val”, sa Montoya, och Jess sa till sig själv att hans gillande absolut inte borde få henne att bli varm inombords.

Nej. Börja inte tycka att han är attraktiv, befallde hon sig själv strängt. *Uselt omdöme. Dålig libido.*

Liane kom med tidningen några minuter senare och de filmade snabbt en video av Pascal som satt i en av Jess stolar och bläddrade igenom den. De stängda persiennerna bakom honom säkerställde att ingen skulle kunna identifiera var videon spelats in, och Jess var noga med att ta bort all metadata innan hon laddade upp filen.

Inom några minuter kom svaret tillbaka. En länk till en ny videofil. Jess kontrollerade den för virus eller spårare innan hon öppnade den.

"Vad i helvete?" mumlade Spires när vyn panorerade genom något som såg ut som en hotellobby, för att sedan hoppa till en pool, där flera vackra kvinnor i bikini låg runt den.

"Vinka, tjejer", beordrade en röst, och tjejerna vinkade lydigt mot kameran.

"Ni är inbjudna", sa rösten sedan, *"till en mycket speciell auktion på en mycket speciell plats. Och här är där jag säger er att de rykten ni har hört är kraftigt underdrivna, för jag har inte bara en apparat till salu."*

Kameravyn ändrades igen, och Spires, Montoya och Jess drog alla skarpa andetag.

"Jag har tre."

"Fan!" sa Spires det de alla tänkte när de stirrade på skärmen, på bilden av tre hårdskaliga resväskor som låg öppna, var och en innehöll vad som för allt i världen såg ut som en liten atombomb.

"Ni får tre tillfällen att bjuda på en av dessa anordningar. Var på Boquerón Airport, Puerto Rico klockan elva på onsdagsmorgonen, och var beredda att stanna i några dagar på min privata ö-resort. Ta inte med några kommunikationsenheter eller någon teknik överhuvudtaget. Alla försök att kringgå detta krav innebär att ni inte tillåts delta i auktionen." Rösten, som hade blivit allvarlig, blev munter igen när bilden skiftade från resväskebomberna tillbaka till kvinnorna vid poolen. *"Ni får ta med en föl-*

*jeslagare om ni vill roa er; annars håller mina vänner här
er gärna sällskap. Vi ses snart på Isla Fortuna!"*

Skärmen blev svart när videon tog slut.

"Spela upp den igen", krävde Spires, och Jess klickade på
länken igen, men videon var redan borta och hade raderat
sig själv från internet. "Fan också!"

"Lugn", sa Jess och höjde en blidkande hand. "Jag
spelade in den medan vi tittade. Jag kan ta fram den igen.
Men om ni letar efter identifierbara kännetecken tror jag
att ni kommer att få det svårt." Videon hade filmats mycket
noggrant, inga landskapsdetaljer syntes någonstans. Det
fanns vissa möjligheter med bilderna från hotellobbyn, om
hon kunde hitta något som matchade dem, men de såg
mycket generiska ut. Hon skulle skriva ett program för att
söka, men hyste inte mycket hopp.

"En privat ö", sa Montoya, uppenbart tänkande högt.
"Det förklarar rätt mycket om Fortuna. Han granskar po-
tentiella köpare och för dem till sig; han behöver inte åka
till dem."

"Och det finns ingenting här som visar att anordningar-
na faktiskt är på ön", påpekade Jess när videon spelades
upp igen från hennes inspelning och resväskebomberna
dök upp. "De kan vara var som helst. Min gissning är att
de *är* någon annanstans; om Fortuna fick en razzia vill
han inte att något komprometterande hittas. Bara han och
hans polare som njuter av semester i solskenet."

"*Tre* anordningar." Spires såg lätt illamående ut när hon
tog sig tillbaka till stolarna och satte sig, och lade ansiktet
i händerna en kort stund. "Det här är en mardröm. Tre
anordningar, tre köpare... tre potentiella incidenter som
kan utlösa ett världskrig."

”Vi måste stoppa allihop”, sa Montoya, tydligt i färd med att tänka igenom det. ”Och när ingen teknik är tillåten på Isla Fortuna – var den nu ligger – kan jag inte få iväg något meddelande om vilka de andra köparna är och var anordningarna finns.”

”Det finns teknik där”, invände Jess omedelbart. Hon spolade tillbaka videon, pausade vid en av lobbybilderna. ”Ser du? Övervakningskamera, och en ganska ny. WiFi-ansluten. Du kan bara inte ta med teknik. Du behöver lägga beslag på sådan som redan finns där.”

”Tänk om jag inte kan? Jag är säker på att han har det bevakat. Och krypterat också. Jag ska vara uppriktig med dig; teknik är inte min starka sida. Jag kan allt grundläggande men jag skulle inte ha en aning om hur jag ens börjar hacka något som är lösenordsskyddat.”

”Då måste jag följa med in”, sa Jess och ryckte på axlarna. Inombords skrek en liten röst, *Vad håller du på med??? Du avskyr fältarbete!* ”Du hörde honom; han sa att du får ta med en följeslagare. Jag följer med som din flickvän.”

”Absolut inte.” Montoyas ton var platt.

”Ett ögonblick, Pascal”, sa Spires. ”Jag kan inte se att vi har något val.”

”Det har vi visst! Det måste finnas någon på CIA:s lönelista som kan göra jobbet.”

”Jag tror inte att Andy skulle vara övertygande som din flickvän.” Spires läppar ryckte till åt hennes eget skämt. ”Vi har inte *tid*”, fortsatte hon när han inte skrattade. ”Du måste vara i Puerto Rico om mindre än två dagar. Vi skulle behöva flyga ner någon från Langley, informera och få henne à jour – och ärligt talat, jag kan inte komma på någon som är tillgänglig just nu som skulle klara jobbet. Jess kan. Jag betvivlar inte hennes tekniska förmåga.”

Jess kunde inte låta bli att sträcka på sig, bara en aning.

"Jag betvivlar inte heller hennes tekniska förmåga", sa Montoya, "men den andra delen av rollen..." han gestikulerade mot Jess. "Hon ser inte ut som rollen kräver."

"Inte din typ, Montoya?" retades hon tillbaka, stött.

"Du ser inte ut som ögongodis på armen till en vapenmäklare", sa han, helt uppriktigt.

"Inte tillräckligt vacker?" En aning sårad korsade hon armarna.

"Ditt ansikte är det. Din figur är bra. Håret och kläderna? Katastrof."

"Säg vad du tycker, varför inte!"

"Barn", sa Spires milt. "Det räcker. Ms. Hagerty. Är ni beredd att gå in med Pascal? Ni känner till riskerna, det är jag säker på. Vi ser till att ni blir väl kompenserad... men vi behöver verkligen er hjälp. Att försöka ta in en annan agent med rätt kompetens i det här sena skedet innebär allvarliga risker."

"Jag förstår. Ja. Jag är beredd att gå in. Och herr Montoya får helt enkelt lita på att jag kan presentera mig som den sorts ögongodis som inte ens får Fortuna att blinka." Hon gav honom en giftig blick.

Pascal ryckte till när Jessikah blängde på honom. Det var han väl värd, antog han. "Har du dokument?" frågade han, som en fredsoffer. "Annars kan vi ordna några."

”Jag har flera täckidentiteter. En av dem duger. Ge mig ditt kreditkort.” Hon sträckte ut handen.

”Ursäkta?”

”Det jag inte har är passande kläder för att se ut som en rik mans ögongodis. Jag går och fixar håret... och shoppar. Det minsta CIA kan göra är att betala.”

Spires nickade, och Pascal suckade. Han fiskade upp sin plånbok och räckte över Byråns kreditkort och tänkte redan dystert på hur han skulle förklara utgiftsrapporten. Förhoppningsvis skulle Spires bara skriva under den och spara honom besväret.

”Jag har alltid velat shoppa på Rodeo Drive.” Jessikahs leende var illmarigt. ”Nu har jag en ursäkt.”

Pascal ryckte till.

”Vi går och hittar ett hotell. Får flyg bokade så att ni hinner till Puerto Rico i tid... från San Diego, tror jag. Ni kan köra ner dit i morgon kväll, stanna över natten och ta ett tidigt morgonflyg.” Spires tittade på sin telefon. ”Boquerón ligger halvvägs runt ön från San Juan – bättre att ordna en helikopter, tror jag.”

”Det överlåter jag åt era resurser.” Jessikah reste sig, och de hade inget val annat än att låta henne eskortera dem ner till bottenvåningen och ut. ”Mitt nummer.” Hon räckte Spires ett visitkort. ”Meddela mig var och när vi ska ses i morgon.”

Bilen och chauffören som hade kört dem stod fortfarande och väntade; Pascal var tyst när de satte sig i baksätet och Spires sa åt föraren att ta dem till ett hotell. Även om föraren var en kollega diskuterade de inte uppdraget i bilen. Det var för känsligt, för kritiskt.

”Ni kommer i stort sett att vara på egen hand”, sa Spires när de väl var i ett hotellrum och snabbt hade svept efter buggar. "Ni kan inte bära någon teknik, vilket betyder att vi inte ens vågar sätta en spårare på er. Vi försöker följa er i realtid via satelliter, men..."

"Vi måste utgå från att Fortuna har tänkt på det och vidtagit åtgärder."

"Det blir bara ni och Ms. Hagerty tills hon kan hitta och kapa någon teknik för att få iväg ett meddelande till oss."

"Och vi kan inte riskera att göra det för ofta", påpekade Pascal. "Hon kanske bara får en chans. Om hon blir p åkommen..." han ville inte tänka på det. Fortuna skulle kanske tveka att göra honom något, med vetskapen om att Pascal Montalban hade mäktiga vänner. Jessikah skulle inte ha något sådant skydd, bara det som Pascal själv kunde erbjuda henne, och han var tvungen att vara noga med att hålla sig i roll. Den samvetslösa, amoraliska mäklaren Montalban skulle inte bry sig nämnvärt om vilken kvinna som prydde hans arm för tillfället, och skulle definitivt inte ingripa om Fortuna tog henne på bar gärning med att hacka hans teknik för att lämna uppgifter till CIA!

"Jag tror att hon kan överraska er", sa Spires. Hon kastade Pascal visitkortet som Jessikah hade gett henne. "Gör era arrangemang. Och kom ihåg. Ni ska ligga med henne. Jag ser att ni inte gillar henne särskilt, men ni gör bäst i att lista ut hur ni får det att se övertygande ut, för Fortuna kommer att märka om ni två går och gnabbas i stället för att knulla."

"Jag kan få det att se övertygande ut", sa Pascal kort.

"Se till att ni gör det." Spires reste sig och gick mot dörren. "Jag åker tillbaka till DC, ni behöver inte mig här. Håll mig uppdaterad så länge ni kan. Jag pratar med folket på Homeland, ser till att vi är på samma linje vad gäller avlyssningarna."

Han nickade, inte förvånad över att hon gav sig av. Han var lite förvånad över att hon kommit över huvud taget, även om han var lättad; han hade en stark känsla av att han aldrig ens skulle ha tagit sig in genom dörren till Jessikahs kontor, än mindre övertygat henne om att samarbeta för att få operationen att hända.

"Lycka till", sa Spires på väg ut genom dörren. "Hela Byråns samlade resurser står bakom er, Pascal. Använd vad ni behöver."

Hela Byråns samlade resurser, och ändå skulle det falla på honom och en ungdomlig, blåhårig white hat-hackare, tänkte han när dörren slog igen, att förhindra att tre resväskebomber hamnade Gud vet var i händerna på Gud vet vilka.

Fantastiskt.

Helt jävla fantastiskt.

Kapitel fyra

Pascal kollade sin mobil, styrde hyrbilen in till trottoarkanten utanför en stålgrind och tittade genom spjälorna med höjda ögonbryn.

Det verkade som att Jessikah Hagerty verkligen hade klarat sig bra i det privata näringslivet, om det här var hennes hus. På en återvändsgata i Hidden Canyon Estates gissade han att den eleganta, glas-och-stålmoderna byggnaden lätt gick på svala fyra miljoner, minst.

”Jag kommer strax”, sprakade en röst ur porttelefonen innan han ens hann sträcka sig efter knappen, och han log snett. Självklart hade hon förmodligen sett honom anlända på flera olika kameror.

Av den mycket lilla mängd information han lyckats gräva fram om hennes tid på NSA, var hon så grundlig att hon förmodligen hade klonat hans telefon medan han satt på hennes kontor och spårat honom via den sedan dess.

Grinden gled upp precis så mycket att en stor rullresväska kunde skjutas ut, och sedan följde Jessikah efter.

Pascal var inte en man som lätt blev chockad, men hans haka föll, för hon var nästintill oigenkännlig. Borta var gårdagens boho-hippie med blått hår, och i hennes ställe stod en glamorös blondin i en ärmlös vit kavajklänning och skyhöga klackar, ett tunt bälte av guldkedja som markerade hennes smala midja, framtill uppknäppt precis så långt att en magnifik V-formad urringning syntes.

Han stirrade, bländad.

"Får jag godkänt?" Hon log snett mot honom innan hon puffade fram väskan. "Tänker du uppföra dig som en gentleman och lasta in den här i bilen? Den väger ett ton, tyvärr. Jessica Berry-Sandford, Instagrammodell, reser inte lätt."

"Jag... just det. Instagrammodell?"

"Ett av mina alias. Ganska lätt att hålla vid liv. Hon är en rik unge som bara lägger upp bilder på sig själv när hon känner för det; de flesta av hennes bilder är estetiska... snodda från hela internet." Med ett par kristallprydda solglasögon från Cartier, som han innerligt hoppades inte betalats med hans kreditkort, svassade hon runt honom och gled ner i passagerarsätet. "Vilken tråkig bil. Ska jag tolka det som att du fortfarande är Pascal Montoya?"

Roat trots sig själv hivade han in väskan – Louis Vuitton, vad annars – i bagageutrymmet och satte sig bredvid henne. "Pascal Montalban skulle aldrig i livet bli sedd i en sån här bil. Han gillar sportbilar i vintagesnitt. Helst Jaguars från 1960-talet. Men jag är inte Pascal Montalban än. Han är persona non grata i USA. Han visar sig inte förrän vi kommer till Puerto Rico. Just nu är jag Peter Miller, försäkringshandläggare. På väg till San Juan på semester... med flickvännen som är långt över hans nivå, tydligen."

Jessikahs skratt klingade ut när han startade motorn. "Där satte du den, gulle."

Hennes accent var sydstatlig och lät fullständigt naturlig. Han kunde inte låta bli att fråga om den medan han körde söderut, och hon svarade öppet, berättade att hon vuxit upp i södra Virginia. Båda föräldrarna var lobbyister i DC, hon och hennes systrar hade tillbringat en hel del tid hos mormodern i Macon, Georgia... vilket var där accenten kom ifrån.

"Det är min naturliga accent. Jag jobbade hårt för att bli av med den när jag var på NSA. Folk tar en inte på allvar."

"Och det hade du redan alldeles för mycket problem med", sa han.

"Exakt! Och jag kan inte kommunicera med alla bara via mejl, hur gärna jag än skulle vilja." Hon fällde sätet hela vägen bak, drog av sig skorna och slängde upp fötterna på instrumentbrädan. "Uff, det enda jag inte hunnit vänja mig vid igen är att gå i klackar."

"Det borde du inte behöva göra länge", kände Pascal att han måste påpeka. "Kan inte tänka mig att de gör mycket nytta på Isla Fortuna, var det nu ligger."

"Skämtar du?" Hon sköt ner solglasögonen på näsan och kikade över dem på honom. "Tittade du noga på tjejerna i den där videon?"

Det hade han verkligen inte, men han ville inte erkänna det.

"De hade bokstavligen inte på sig annat än minimala bikinis... och höga klackar. Fortuna kommer inte förvänta sig något mindre. Jag har sex par Jimmy Choo i den där väskan."

"Jag hoppas innerligt att de inte hamnade på mitt kreditkort!" Han grinade illa.

Hon fnissade i handen. "Lugn", sa hon, men hon berättade inte att de inte var på hans kort.

Trafiken var gles och de kom till flygplatsen i god tid.

"Flyger inte Montalban privat?" retades Jess lätt när de checkade in till sitt flyg.

"*Peter Miller* gör det definitivt inte", sa Pascal med varnande ton. "Han slog däremot på stort med business class. Förmodligen för att imponera på sin krävande flickvän."

"Godtagbart", sa hon med en liten sniff. "Knappast."

Han kunde knappt tro att hon inte var den Instagram-modell hon spelade. Huvuden vändes när hon skridade genom flygplatsen på de där spinkiga klackarna, höfterna svängde i en farlig rytm som män inte kunde låta bli att stirra på. Det gyllene håret vågade sig nästan ner till höfterna – han ryste vid tanken på vad hennes löshår måste ha kostat – hon pratade och skrattade lite för högt, allt överdrivet, uträknat för att dra blickarna till sig.

Kort sagt, hon var en förbaskat bra skådespelerska, och alla tvivel han haft på att hon skulle kunna lura Fortuna försvann. Hon var inte riktigt den typ av kvinna som tidigare synts vid Montalbans sida – nog så vacker men lite för självsäker – men Pascal tänkte att han väl fick antyda att han faktiskt var lite betagen i henne.

Det skulle inte vara svårt.

Han ville verkligen helst inte bli attraherad av Jessikah. Hon var mer än ett decennium yngre än han och han var ansvarig för hennes säkerhet i ett av de mest komplicerade och farliga uppdrag han någonsin haft, men han hade alltid haft en svaghet för smarta, frispråkiga kvinnor. Hon var skarp som en piska, fullkomligt vacker i båda gestalter han sett hittills, och uppenbarligen orädd.

"Du sa att du lämnade NSA för fyra år sedan?" frågade han när de satt i ett tyst hörn av businessloungen.

"Det sa jag inte precis, nej, men det är definitivt information du kunde ha fått fram när du grävde." Mungiporna kröktes upp i den där lilla smirren igen.

"Hm. Jag är säker på att NSA hade fysiska krav på sina agenter. Det jag vill veta är om du har hållit igång med träningen sen du slutade?"

"Ah." Hon lutade lite på huvudet. "Du undrar om du måste bära mig om skjutandet börjar."

"Jag hoppas innerligt att det inte börjar och att du inte behöver göra ett dugg, men spela med mig. Vi har inte tid för mig att göra en bedömning av dina färdigheter, så jag behöver att du är ärlig mot mig." Han fäste blicken rakt i hennes.

"Rimligt." Jess lutade sig tillbaka och korsade sina långa ben vid knäna.

Han tvingade sig att inte titta ner, att hålla ögonkontakten. *Inte bli distraherad.*

"Eftersom du bad om ärlighet erkänner jag att jag lät mig själv slappa till lite fysiskt efter att jag lämnade NSA och startade Hestia. När min syster kom in och anslöt sig förra året, dock, tog hon mig i princip i kragen och släpade tillbaka mig till gymmet, och till skjutbanan också. Jag är säkert inte uppe på några svartbältes-ninjastandarder som Byrån kanske kräver av sina fältagenter, men jag klarar mig."

Hennes blå ögon var orubbliga, och han nickade långsamt, övertygad. "Din syster har ganska gott rykte. ATF var väldigt ledsna att förlora henne." Han hade läst på om Liane Hagerty också och funnit att hennes akt var betydligt tjockare än Jessikahs. Imponerande läsning.

”Då skulle de inte ha behandlat henne som skit. De höll henne under täckmantel för länge och hon var i princip utbränd efter den där historien med Brethren. Ett år med att driva ett vägkrogshak i ingenstans, Idaho... jag fattar inte hur hon stod ut så länge.”

”Undercoverarbete kräver mycket tålamod.” Han tänkte på de fem år han lagt ned på att tålmodigt bygga upp Pascal Montalbans legend. Gjort saker som fläckade hans själ, men som sanktionerats av Byrån för det större uppdragets skull.

”Det vet du, va?” Jess log igen, mer medkännande än smirrig. ”Jag fattar att det är du som leder det här”, sa hon, lutade sig plötsligt fram och rörde lätt vid hans knä, vilket överraskade honom. ”Jag kommer inte att undergräva dig eller göra något dumt eller vårdslöst. Jag följer med för att du behöver teknisk support, vilket är en roll jag är väldigt van vid, tro mig. Bimboflickväns-grejen... jag ska göra mitt bästa.”

”Du kommer vara suverän.” Han menade det. Hon såg ut och lät som rollen. ”Bara en sak. Kom ihåg att ställa till med ett jäkla liv när jag säger åt dig att lämna över din telefon.”

”En Instagrammodell skulle vara nästan lika fäst vid sin telefon som jag är.” Jessikah skrattade tyst. ”Jag ska komma ihåg att gnälla över det när vi väl är på ön också.”

En affärsman kom fram för att slå sig ner i deras hörn av loungen, och stirrade ogenerat på Jessikahs ben. Hon gav honom ett kokett litet leende och förhäxade, själva bilden av en Instagrammodell som njuter av beundran som tillkommer henne.

Deras flyg ropades ut just då och Jess reste sig graciöst, skänkte den bländade affärsmannen ett leende innan hon

svajade bort mot gaten. Det fanns inget annat för Pascal att
göra än att följa i kölvattnet efter henne.

Flyget var händelselöst och strax före midnatt var de in-
stallerade på ett exklusivt hotell i utkanten av San Juan.
Pascal hade bokat en svit med två sovrum, medveten om
att det här var den sista natten i privatlivets tecken som Jes-
sikah skulle få på ett tag. De behövde fortfarande prata om
vad som kunde vänta när de nådde Isla Fortuna, och han
beställde middag från rumsservice medan Jess duschade,
och rustade sig mentalt för samtalet.

”Det luktar gott.” Jess kom tillbaka in i rummet, insvept
i en frottémorgonrock. ”Den där måltiden på planet fyllde
inte mycket hål, trots att det var businessklassnivå på
cateringen.”

”Du tog biffen, så jag drog slutsatsen att du inte är veg-
etarian.” Han lyfte stålkupan från en tallrik och avslöjade
en perfekt medium rare-stek, med pommes frites och en
sidosallad.

”Herregud, mums.” Hon kastade sig nästan ner i en stol
och grep kniv och gaffel. ”Jag är utsvulten.”

”Vad vill du dricka?” Han öppnade minibaren för att
inspektera utbudet.

”Öl”, sa Jess med den första tuggan steak i munnen.

”Japp.” Han knäppte upp en flaska och ställde den
framför henne. ”Eh... du är medveten om att...”

”På Isla Fortuna måste jag äta och dricka som en In-
stagrammodell. Jajamän.” Hon skålade mot honom med

ölen. "Men vi är fortfarande i Puerto Rico, så för min del gäller: det som händer i San Juan, stannar i San Juan.

"Just det." Han satte sig själv och tog för sig av maten, väntade på rätt tillfälle att ta upp det han behövde prata om.

Än en gång överraskade Jessikah honom.

"Så", sa hon mellan tuggorna, "vi borde prata om intimitetsgrejen."

"Va?" sa Pascal intelligent, tagen på sängen.

"För vi måste se ut som att vi är bekvämt nära varandra, och hittills går det inte så bra. Du hoppade nästan ur skinnet när jag rörde vid ditt knä tidigare."

Han kämpade emot den instinktiva reaktionen att förneka att han hoppat, för hon hade rätt. Det hade han. Han hade reagerat på hennes beröring för att attraktionen han kände för henne var så stark, för stark. Han kunde inte låta bli att reagera.

Och han måste på något sätt få bukt med det. Få det att se ut som att han både var bekväm med henne och trygg i hennes känslor. Fullständigt van vid att röra vid henne... och kände sig berättigad att göra det närhelst han ville, för det var så Pascal Montalban skulle behandla en kvinna.

"Jag försökte ge dig utrymme så länge som möjligt", sa han till slut, "för du måste förstå att jag inte kommer behandla dig med någon respekt de närmaste dagarna."

"Det räknade jag med." Hon lutade sig tillbaka och sippade på sin öl. "Berätta om Pascal Montalban. Jag behöver förstå vem han är."

"Jag trodde du visste allt om honom", bet han av milt.

"Ha. Jag tvivlar inte på att du noga kontrollerar varje liten smula information som finns där ute om honom. Det mesta jag vet om honom, förutom lite info om affärerna han förmedlat, är att han påstås vara fransk-algerisk." Hon lutade huvudet en aning och granskade honom. "Vilket du passar för, ansiktsmässigt. Nära sanningen?"

"Som vilken bra legend som helst. Min mamma är fransk-algeriska, min pappa kubansk-amerikan. Det är där namnet Montoya kommer ifrån."

"Det låter som en intressant historia, hur två personer med den bakgrunden träffades!"

"Du kommer nog tycka att den är rätt romantisk." Han log vid tanken på sina föräldrar. "Min mamma jobbade som städare på amerikanska ambassaden i Paris. Min pappa var en väldigt junior tjänsteman i State Department stationerad där på sitt första uppdrag. Båda säger att det var kärlek vid första ögonkastet."

"Det är *väldigt* romantiskt! Är de fortfarande tillsammans?"

"Japp. De gick i pension tillsammans för några år sedan och bor i en lugn liten by i Loiredalen. Rustikt paradis." Han tänkte längtansfullt på det; det var alldeles för länge sedan han kunnat svänga förbi på ett besök. Kanske efter det här uppdraget var klart.

"Så du måste vara tvåspråkig – trespråkig?"

"Fyra språk som modersmål. Engelska, spanska, franska och algerisk arabiska. Och jag har en liten begåvning för att snappa upp språk", sa han underdrivet.

"Ahhhh." Ett långdraget ljud. "Plötsligt är det helt logiskt att CIA ryckte åt sig dig."

"Ja, armén försökte styra in mig på spåret militär underrättelsetjänst på grund av mina språkkunskaper, men jag hade hjärtat inställt på Rangers." Han ryckte på axlarna. "CIA väntade i princip tills jag började visa tecken på att vara less på att bli beskjuten, och sen dök de upp och headhuntade mig.”

”För att bli beskjuten åt dem istället?”

”Kanske överraskande har det sällan gått så långt. Jag kan räkna på ena handen hur många gånger ett vapen ens har riktats mot mig de senaste fem åren.”

”Jag gissar att Pascal Montalban skulle reagera dåligt på att någon riktade ett vapen mot honom?”

”Låt oss säga att det sällan slutar väl för någon som är dum nog att försöka!”

Jessikah log stort och lutade sig sedan, fortfarande med blicken på honom, medvetet längre bak i stolen, slängde upp benen och satte fötterna i hans knä. ”De är ömma efter klackarna”, påminde hon mjukt, och Pascal, som fått stålssätta sig för att inte rycka till, nickade. Varsamt började han massera hennes fötter och tänkte på hur smart hon var, som valde ett sätt att vänja dem båda vid fysisk närhet som inte var alltför intimt.

Hur han skulle klara sig när de var tvungna att vara betydligt mer intima återstod att se.

Kapitel fem

Jess befallde sig själv att andas djupt när Pascals starka fingrar tryckte mot trampdynorna, masserade bort värken i det ömma köttet. Hon hade retats med honom för att han reagerade på hennes beröring, men sanningen var att bara den minsta strykningen av hans fingrar mot hennes tidigare hade fått håren på underarmarna att resa sig. Aldrig hade hon varit så här hypermedveten om en man, och det var både oroande och oerhört opraktiskt.

Det gick inte att låta bli att se hur attraktiv han var, med de där genomträngande gyllene ögonen och de skarpt huggna kindbenen, men att ha hela hans uppmärksamhet på sig kändes som att bli utstirrad av en kungsörn. Som om hon var ett byte och han funderade på ett litet mellanmål.

Det verkligt alarmerande var att hon började tycka att det lät fantastiskt att bli uppäten.

"Jag borde försöka sova", sa hon lite tvärt. "Om helikoptern hämtar oss klockan nio måste jag lägga minst en halvtimme på hår och smink innan vi åker, och klockan är nästan två nu."

"Ja." Pascal lät hennes fötter glida ner från knät och reste sig. "Det blir en tuff vecka. Vila nu."

"Du också", sa hon tyst, vände sig bort och gick mot rummet hon lagt beslag på.

"Jessikah?"

"Ja?" Hon såg tillbaka.

Han gav henne den där intensiva blicken igen, och hon kunde inte hindra rysningen som for uppför ryggraden.

"Du kommer att klara det galant."

Självförtroende hade Jess aldrig saknat, men hon fick erkänna, om än bara för sig själv, att hon haft en del tvivel sedan biträdande direktör Spires hade gått med på att hon måste följa med på uppdraget. Hon hade aldrig i sitt liv jobbat undercover. Visst, hon hade skapat alias och hållit dem vid liv, men det hade varit på lek, något som roade henne snarare än något hon trodde skulle bli ett verkligt måste. Att hacka myndighetsdatabaser och sociala nätverk var övning.

Plötsligt blev allt blodigt allvar. Hon skulle kliva rakt in i lyan hos en av världens mest efterlysta brottslingar, få honom att tro att hon var en hjärnlös prydnad på armen, och hacka hans egna system för att hjälpa CIA att få tag på tre kärnvapen i resväskestorlek innan de spreds till fanatiker och terrorister som kunde använda dem till att skapa en ofattbar tragedi.

Att höra Pascal säga att hon kunde göra det, att han trodde på henne, kunde bara vara ord, men det gav definitivt hennes självförtroende en skjuts.

"Hoppas du har rätt", sa hon tyst innan hon stängde sovrumsdörren bakom sig.

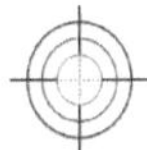

Om möjligt såg Jessikah ännu mer fantastisk ut morgonen därpå, i en blå klänning som knappt var mer än några trianglar tyg sammanhållna av guldkedjor med stora ringar. Slät gyllene hud, utan störande bh-band, syntes längs sidorna, och Pascal undrade i förbigående om hon hade gjort en spraytan. Hon verkade inte som typen som njuter av att ligga och sola ... ärligt talat tvivlade han på att hon kunde ligga still tillräckligt länge.

"Du ser spektakulär ut", sa han lågt och tog hennes resväska. "Ärligt talat ... så spektakulär att jag inte kan föreställa mig att Fortuna och hans män får upp hjärnan ur byxorna tillräckligt länge för att betrakta dig som något slags hot."

"Vi får hoppas." Hon log upp mot honom, höjde sen ett ögonbryn och sträckte sig långsamt upp och kysste hans kind. Han höll sig stilla och, lika långsamt som hon rört sig, lade han armen som var fri runt hennes midja och drog henne intill sig. Han kände hur Jessikah stelnade till för ett ögonblick, men sedan mjuknade hon, smälte och formade sig mot honom.

"Vi fixar det här", viskade hon.

"Det gör vi absolut, och vi kommer absolut att göra det. Kosta vad det kosta vill." Tonen var en varning; hon nickade till tyst förståelse.

"Kosta vad det kosta vill."

Helikoptern väntade på dem och medan de gick fram lade Pascal medvetet på sig manteln Pascal Montalban, fixare av skumma affärer åt världens mest oönskade tyranner och terrorister. Han adderade lite svaj i steget, en hånfull krökning på läppen. En fransk accent på rösten när han sa:

"Bra. Ni är i tid."

"Självklart, sir." Piloten var en han använt förut, visste vem han var och visade lämplig underdånighet. Mannen gav Jess en lätt bländad blick innan han vände bort ögonen och tog hennes resväska för att lasta den i helikopterns lastutrymme.

"Har du kassaskrinet?" frågade Pascal när de steg in i helikoptern och han gjorde en liten show av att hjälpa Jessikah med säkerhetsselen.

"Ja, sir, och det kommer att förvaras i vårt kontors kassaskåp tills ni begär att få tillbaka det." Piloten räckte honom en öppen metallåda. "Du kan ställa in kombinationen själv, som du bad om."

Det gjorde han under den korta flygningen från San Juan till Boquerón, på Puerto Ricos sydvästra kust. När helikoptern landat på plattan hjälpte han Jessikah ut och höll fram lådan mot henne. "Telefonen."

"Det här är löjligt", muttrade hon högt, men fiskade upp en telefon ur handväskan och släppte ner den i lådan. "Vad ska jag göra i flera dagar utan min telefon? Hur ska jag kunna ta bilder?"

"Du får helt enkelt koppla av och se det som semester", sa han milt.

"Semester är när man tar massor av bilder!" Hon tjurade.

"Inte den här gången." Han släppte ner sin egen telefon i lådan, låste den och räckte den till piloten. "Jag hör av mig."

"Självklart, sir. Vårt kort. Ifall du inte har numret i huvudet." Piloten log ett spöke till leende.

"Inte dumt." Pascal stack kortet i en ficka, grep Jess hand. "Nå. Jag ser varken en terminal ... eller en välkomstkommitté ... men där borta finns lite skugga. Ta våra väskor, tack, och sen gör ni bäst i att hålla er undan", sa han till piloten.

Jess slog sig genast ner på sin resväska när de stod i skuggan av en stor bod bredvid landningsbanan. Hon drog fram ett tuggummipaket ur väskan och stoppade en bit i munnen. "Vill du ha?"

"Nej." Han korsade armarna och såg piloten gå tillbaka till helikoptern och flyga bort in i den ljusa morgonen. "Jävlar, vad varmt det är. Hoppas vi slipper vänta länge." Han måste utgå från att de redan var under övervakning. Det fanns god chans att piloten också stod på Fortunas lönelista, eller skulle mutas att avslöja vad de pratat om, också.

"Inte länge alls, Mr Montalban." En dörr gled upp bredvid dem, och Jessikah gav ifrån sig ett gällt skrik, snubblade upp på fötter och grep tag i Pascal. "Ursäkta, fröken. Meningen var inte att skrämma er."

"Du skrämde mig!" Hon kikade runt Pascals axel, och han fick bita sig i läppen för att inte skratta. Han var rätt säker på att hon inte spelade.

Mannen som öppnat dörren skrattade. Han bar tredelad kostym och slips, vilket måste vara varmt i Puerto Ricos sol, men han svettades inte. En lokal, bedömde Pascal; mer än inhyrd muskel. Någon sorts ombud, möjligen väl betrodd av Fortuna. Kanske till och med Fortuna själv, men det trodde han inte. Den arrogans man kunde vänta sig av en man som Fortuna saknades.

"Den här vägen, om ni vill." Mannen gestikulerade in i boden, ett litet flyghangar, och mot en bil som stod där bredvid ett litet flygplan. "Jag heter Josef och jag ska eskortera er till Isla Fortuna. I baksätet, tack. Deras bagage." Han knäppte med fingrarna åt en annan man, som lyfte in deras väskor i bagaget.

"Vi ska inte flyga?" frågade Jessikah.

"Inte för tillfället." Josef satte sig i förarsätet. "Vi åker strax. Vänligen vänta."

De väntade tysta och såg hur den andre mannen klev in i planet, taxade ut ur hangaren och rullade iväg längs landningsbanan innan han lyfte.

Och där försvinner CIA:s satellitspårning, tänkte Pascal, när Josef startade bilen och körde ut ur hangaren.

Josef sa inte ett ord. Han körde dem till en marina några minuter bort och ledde dem till en rejäl motorjakt, kallade på en annan man att bära deras väskor.

"Den inre hytten, tack", bad Josef. "Ni hittar mat där nere. Gör er bekväma."

"Hur länge blir vi på båten?" frågade Jessikah. "Och måste vi vara nere hela tiden? Jag blir sjösjuk." Hon fladdrade med ögonfransarna.

Pascal såg Josef svälja, tydligt påverkad av hennes skönhet. "Cirka två timmar", sa han. "Och ja. Jag är ledsen. Men ni hittar åksjuketabletter i badrumsskåpet."

"Vart ska vi som tar två timmar härifrån?" frågade Jess när de tog sig ner under däck. "Är vi nära Amerikanska Jungfruöarna?"

"Ja, men de ligger öster om Puerto Rico. Min gissning är att vi är på väg mot Dominikanska republiken, åtminstone tills vidare." Och han gissade att de troligen skulle sätta sig i en helikopter eller ett mindre flygplan där också. Fortuna var en försiktig man. Det skulle vara flera steg för att avskräcka alla som försökte följa efter. Åtminstone kunde de föra det här samtalet öppet; nyfikenhet på vart de var på väg var helt naturligt.

Båten lade ut och gjorde bra fart, och Jess gick för att leta efter badrummet. "Jag blir faktiskt sjösjuk", sa hon till Pascal, viftade med en remsa tabletter och tog en flaska mineralvatten ur ishinken på bordet. Han dolde ett leende och nickade, slog sig ner i en av de bekväma sofforna och lät blicken vandra. Det var ingen jättestor cruiser, men båten var säkert värd runt en halv miljon dollar, och om hans gissning stämde satte Fortuna aldrig ens sin fot på den. Den var bara en avledningsmanöver.

Josef kom ner, nickade artigt åt honom. "Ert överseende, men vi måste genomföra tekniksökningen nu, som ni har gått med på."

"Och om vi kuggar blir vi kastade överbord?" frågade Pascal torrt.

"Självklart inte. Handpenningen ni har betalat behålls bara som kompensation för besväret och ni lämnas av vid vårt nästa stopp, och får inte fortsätta till Isla Fortuna."

"Vad menar du, vårt nästa stopp? Skulle vi inte till Isla Fortuna?" frågade Jess.

"Tyst nu, kvinna", sa Pascal strängt. "Jag sa ju det. Det är inte du som ställer frågor."

Hon såg förnärmad ut och öppnade munnen. Han höjde ett varnande finger och hon knep igen den, sjönk ner i en stol och pressade ihop läpparna till en tunn, förorättad linje.

"Hon är ny", sa Pascal till Josef. "Hon lär sig fortfarande vår värld." Han satte på ett litet ömt leende. "Värd att uppfostra, dock."

"Det kan man säga", mumlade Josef i skymundan och sneglade på henne. Han nickade mot Pascal. "Så länge hon inte ställer Mr Fortuna några frågor han inte tycker om, blir det nog inga problem."

Håll ordning på din kvinna, annars blir det du som får betala priset, var den outtalade undertonen.

Josef öppnade ett skåp och tog fram flera apparater; Pascal kände igen allt som kommersiellt tillgänglig standardutrustning för scanning. Han nickade bifall när Josef frågade om han kunde öppna deras väskor.

"Mina grejer ..." Jess tystnade när Pascal höjde ett varnande finger igen, men sen rätade hon på ryggen och spetsade haklinjen. "Pascal! Jag vill inte att han rotar i mina underkläder!"

Josef fnös till av skratt. "Jag menade inget illa", sa han snabbt när Pascal kastade honom en bister blick. "Här. Jag vänder ryggen till; du lägger dina, eh, privata saker i den här påsen. Sen scannar jag utsidan av påsen."

Jess övervägde saken, gav honom en kunglig nick och accepterade kompromissen. Det ena ögonlocket sjönk i ett spöke till blinkning åt Pascal när Josef vände ryggen till.

Vad har hon för sig?

Ingen av Josefs apparater gav ifrån sig minsta pip när han scannade deras saker, och sedan packade Jess ner allt igen medan Josef scannade Pascal.

"Håll upp armarna nu, Jess", beordrade Pascal, och hon suckade och gjorde det.

"Jag hoppas att du är mindre klåfingrig än en vanlig TSA-kontrollant", muttrade hon åt Josef.

"Jag skulle inte våga röra dig, fröken."

Josef höll sitt ord, grundlig med scanningen men noga med att aldrig faktiskt röra henne. Han kastade ett par snabba, vaksamma sidoblickar på Pascal, och Pascal bestämde sig för att han haft rätt om Josefs plats i hackordningen. Mer än muskel, men inte tillräckligt högt upp i Fortunas organisation för att tro sig stå över konsekvenserna om han gjorde Fortunas mäktiga, rika och välanslutna gäster förbannade.

"Tack för ert samarbete", sa Josef när han var klar, packade ihop utrustningen och drog sig tillbaka. "Det finns mat förberedd i kylboxen." Han pekade på en stor inbyggd kylbox längst bak i rummet. "Varsågoda."

"Hungrig?" frågade Pascal Jess.

Hon skakade på huvudet. "Lite illamående. Tabletterna borde börja verka snart. Ät du om du vill, älskling."

Han dolde en ryckning vid hennes ord, gick och tittade i kylboxen. Hittade ett par elegant upplagda tallrikar med sushi, frukt, charkuterier och ostar.

"Vi verkar i alla fall bli väl omhändertagna."

"Vackert", beundrade Jess när han ställde fram tallrikarna på bordet. "Synd att jag inte kan ta några bilder!"

"Skärp dig." Han satte sig igen och tog lite sushi.

Färden förflöt stilla. Lite senare verkade Jess må tillräckligt bra för att smååta på en bit vattenmelon, men mest satt de bara och tittade ut genom fönstren, såg Puerto Ricos kustlinje glida bort i fjärran tills det inte syntes annat än vatten, och till slut dök land upp igen framför dem.

"Det finns en flygplats i Punta Cana", mumlade Pascal.

"Tror du att vi ska byta till ännu ett flyg?"

"Jag räknar med det. Om Fortuna verkligen har en egen ö. Jag är hyfsat bekant med trakten och det finns inget riktigt beboeligt utanför DR. Turks- och Caicosöarna ligger precis norr om. Inom helikopteravstånd i alla fall."

"Så varför flög vi inte direkt dit? Äsch strunt samma, inga frågor. Jag fattar."

Hon var till och med vacker när hon tjurade, tänkte Pascal, även om hon gav honom en flyktig glimt av ett leende, och han visste att hon faktiskt njöt av att spela rollen.

Båten lade till en stund senare, och ytterligare en bil väntade på dem. Josef körde dem till flygplatsen i Punta Cana precis som Pascal gissat, men det var inte en helikopter som väntade på dem, utan ett litet privatjet. De lyfte nästan omedelbart och svängde söderut i stället för norrut som han hade väntat sig.

En timme in i flygningen mumlade Jess: "Sydamerika?"

"Det måste det nästan vara." De flög nästan rakt söderut så gott han kunde se, borde snart vara över Venezuela. Planet började sjunka för landning, men det var inte Caracass flygplats de landade på.

"Flamingo Airport?" läste Jess av namnet på en skylt på en av byggnaderna och skrattade. "Var ligger det?"

"Bonaire", svarade Pascal.

"Jag upprepar, var?"

"Nära Curaçao. Nederländskt territorium."

"Är vi framme snart?" suckade hon teatraliskt åt Josef när han kom tillbaka för att hämta dem.

"Nästan, fröken." Han log, uppenbart road av henne. "En etapp till." Han pekade på helikoptern som väntade på plattan.

De var uppe i luften igen några minuter senare, på väg österut den här gången, och till och med Pascals omfattande lokalkännedom började tänjas. Han mindes vagt att det fanns en liten ögrupp utanför Venezuelas kust; det måste vara dit de var på väg, och mycket riktigt satte helikoptern ner en knapp timme senare på en ganska liten, stenig ö med en klunga låga vita byggnader i halvcirkel runt en vacker vit sandstrand.

”Nå, utsikten väger väl upp resan”, muttrade Jess när han hjälpte henne ur helikoptern, ”men vilken resa, vi har hållit på hela dagen!”

Solen var inte på väg ner ännu. Han skakade milt på huvudet åt överdriften, tog hennes hand vid sin arm och ledde henne framåt medan Josef eskorterade dem mot den största av byggnaderna, en annan man kom upp för att bära deras väskor. Helikoptern lyfte igen omedelbart och Pascal undrade om den skulle hämta någon av de andra potentiella köparna – och vilka kringelkrokar de i så fall hade tagit för att ta sig hit.

KAPITEL SEX

JESS VAR GANSKA SÄKER på att Isla Fortuna, oavsett om det var dess riktiga namn eller inte, hade varit ett före detta lyxhotell. Antagligen ett som inte hade lyckats hålla igång verksamheten eftersom det var för krångligt att ta sig dit. Hon såg sig omkring när de klev in i lobbyn, samma som de sett på videon; allt var öppna kolonner, marmorgolv och vackert ansade palmer.

Vilket betydde att Fortuna antingen hade tagit över stället helt nyligen, eller att han åtminstone behållit städ- och trädgårdspersonalen.

"Gulligt", drawlade hon när Josef stannade. "Jag har bott på värre. Tror jag. Någonstans."

"Jess", sa Pascal bestämt, "var tyst. Vi förolämpar inte vår värd."

Hon korsade armarna, suckade och himlade med ögonen, men sa inget mer.

"Jag visar er till er villa. Var tillbaka här i lobbyn klockan sju för att träffa Mr Fortuna... och jag måste be er att stanna i er villa tills dess och inte ströva omkring", sa Josef, innan han gestikulerade åt dem att följa efter igen.

De följde en palmkantad stig nerför en svag sluttning, förbi tre mindre byggnader som uppenbart var enskilda villor. Josef vek av stigen vid en fjärde, öppnade dörren och gestikulerade att de skulle gå in före honom.

Villan var fullkomligt fantastisk, polerat trä och marmor, en stor säng syntes genom en båge från vardagsrummet, pardörrar som öppnade ut mot en privat altan med en bubbelpool och stranden bortom. Jessikah tänkte att inte ens hennes Instagram-modell-alter ego skulle ha mycket att klaga på, så hon såg sig omkring under tystnad.

"Väldigt trevligt", sa Pascal med en nick.

"Ni hittar en fullt utrustad bar där borta, och jag hoppas att ni kommer att trivas under er vistelse", sa Josef. "Kom bara ihåg..."

"Stanna här till klockan sju. Vi fattar."

"Det är inte som att det är särskilt länge", muttrade Jessikah kinkigt. "Med tanke på att vi har rest *hela dagen.*"

"Gå och ta en dusch", sa Pascal bestämt. "Det kanske sköljer bort lite av attityden."

Hon kastade med håret åt honom, blängde på Josef och den andre mannen som just ställde ner deras väskor. "Vadå, med de där två här?"

När ingen av männen rörde sig, utan bara stirrade på henne, satte hon händerna i sidan och blängde. "Ut. Nu!"

Josef ryckte till, vände på klacken och skyndade ut, grep tag i den andre och drog med sig honom. Jessikah log mot Pascal, som genast lade fingret mot läpparna, pekade på sitt öra och ritade en cirkel i luften.

Mikrofoner. Hon nickade för att visa att hon förstått. Pekade på sitt eget öra... och sedan på sitt öga.

Kameror?

Pascal ryckte på axlarna. Pekade på sina egna ögon och sedan runt i rummet.

Jag letar.

Det fanns inte en chans att Jessikah skulle duscha innan hon visste om hon var på film eller inte. Hon grep tag i hans ärm, drog in honom i badrummet och gestikulerade runt.

Här först!

Pascal skrattade ljudlöst, men nickade. Han rörde sig runt i badrummet och undersökte varje vrå. Till slut vände han sig mot Jess. Pekade på ögonen och skakade på huvudet. Sedan på örat och ryckte på axlarna.

Inga kameror, kanske ljud, tolkade hon, och nickade. "Jag tänker ta den där duschen", sa hon.

"Gör det, ängel."

Kärleksförklaringen föll helt naturligt från hans läppar, men Jess stelnade till ett ögonblick. Pascal verkade inte märka det, utan vände och lämnade badrummet, antagligen för att kolla resten av villan efter dolda kameror.

Hon klädde av sig, satte på duschen och log när strålar sprutade från alla håll i den skifferkaklade duschen.

Hon skulle kunna vänja sig vid den här sortens lyx.

Helst dock utan att behöva bo i en superskurks lya för att få den. Kanske skulle hon bara renovera sitt badrum när hon kom hem.

Förutsatt att hon kom hem, alltså.

Med en suck vände hon ansiktet mot vattenstrålarna och försökte mentalt förbereda sig för de betydligt svårare dagar som väntade.

Pascal tvekade utanför badrumsdörren. Han var övertygad om att det inte fanns några dolda kameror i villan efter en noggrann genomsökning, men avlyssningsutrustning kunde vara liten och betydligt bättre gömd. Han måste utgå från att det fanns några.

Vilket betydde att han behövde uppträda som om han och Jess var ett par, helt bekväma i varandras sällskap... och han borde bara kliva in i det där badrummet som om det inte var någon stor sak att hon var naken.

Han kunde inte. Jess skulle kunna skrika. Så i stället gick han och hivade upp sin väska på sängen, började packa upp den och hänga upp sina kläder som den där pedantiske, hyperkontrollerade typen som inte kunde visa sig med en skrynkel i skjortan.

När han var klar kom Jess ut ur badrummet, insvept i en handduk. Hon gav honom en frågande blick, kastade en snabb blick mot taket.

Han skakade på huvudet, snäppte till sitt örsnibb med fingertoppen och ryckte sedan på axlarna. Hon nickade och kom fram till honom, sträckte sig upp och smackade dit en puss på hans kind.

”Jag är klar, älskling. Ta du god tid på dig.”

”Lämnade du något varmvatten?” Han slog handen högt mot sängen, bredvid hennes lår. För den som lyssnade kunde det ha låtit som att han smällde henne på rumpan, och Jess fattade snabbt, gav ifrån sig ett pip och ett fnitter.

”Hej! Vi hinner inte med sånt där om vi ska vara tillbaka i lobbyn till sju. Eller kan vi komma sent?” spann hon.

”Bäst att låta bli.” Han sänkte rösten till en hes rasp. ”Även om du frestar.”

De stirrade på varandra från högst några centimeters håll, och Pascal märkte hur andningen plötsligt blev kort.

Jess ögon var så klara, så blå; hon vände inte bort blicken, lika trollbunden som han. Hon slickade sig om läpparna, och han trodde inte ens att hon var medveten om att hon gjorde det.

Ett ögonblick funderade han på att kyssa henne. Han skulle behöva göra det förr eller senare för att sätta upp en show som övertygade Fortuna. Men det här skulle vara annorlunda, bara de två.

Tystnaden hade blivit så lång att han tänkte att alla som lyssnade ändå skulle anta att de kysstes. Utan att bryta ögonkontakten tog han ett steg bakåt.

Jess svalde, och han såg den plötsliga insikten i hennes blick. Att de varit nära att göra något som kunde ha lett till något rörigt.

”Packa upp nu”, sa han, ”och ta på dig något snyggt. Jag vill visa upp dig.”

”När ser jag någonsin *inte* bra ut?” Hon låtsades bli förnärmad.

”Tja, det fanns den där gången när du blev för full för att tvätta av sminket och vaknade med pandaögon och sängrufs”, sa han torrt.

Han såg hur gärna hon ville skratta, men i stället gav hon ifrån sig ett indignerat tjut och slog honom på armen.

Herregud.

I samma stund som badrumsdörren slog igen bakom Pascal, sjönk Jessikah ner på sängen; knäna var plötsligt för skakiga för att bära henne.

Försökte han just kyssa mig?

Det var löjligt att känna sig som en fnittrig skolflicka över det. De skulle *måste* kyssas, flera gånger och med övertygande passion, de kommande dagarna. Men det här kändes annorlunda. Kändes som att Pascal nästan hade kysst henne bara för att han ville.

Och gud ska veta att jag inte hade stoppat honom.

Ju mer tid hon tillbringade med Pascal, desto mer drogs hon till honom. Hans torra humor, sättet hans whiskyguldiga ögon glimmade av hemlig munterhet när han sneglade mot henne, bjöd in henne att se det komiska i deras situation trots hur allvarlig den var – det var helt förfärligt tilltalande, och då räknade hon ens inte in att han var en extremt stilig man. Visst, han måste vara minst ett decennium äldre än Jessikah, men ärligt talat hade hon aldrig dragits till män i sin egen ålder, inte sedan hon gått igenom high school och college flera år före sina jämnåriga. Män i hennes ålder kändes otroligt omogna. En man som Pascal däremot... det var en man som verkade väldigt trygg i sin plats i världen. En man som visste vad han ville ha och såg till att få det.

Kom ihåg att han spelar en roll, tillrättavisade hon sig tyst.

Men rollspel kan vara kul, viskade djävulen på hennes axel. *Han är så väldigt sexig när han sätter dig på plats.*

"Löjligt", muttrade hon för sig själv och tvingade sig att resa sig, öppna väskan och börja ta fram klänningar för att hänga in dem i garderoben. "Skärp dig, Jess. Att bli kär i den här killen är ett snabbt sätt att få hjärtat krossat."

Det spelade ingen roll om någon hörde henne säga det. Det var inte ur karaktär för den hon skulle föreställa – en tjej som på papperet inte var särskilt långt ifrån den

Jess hon själv var. "Han är rik, generös och het", sa hon lite högre. "Du står ut med lite bossighet och sporadiska besök i vad det nu är för sorts superskurkslya det här ska föreställa."

De var tvungna att låtsas som att de inte visste att de blev avlyssnade, resonerade Jessikah medan hon la undan sina kläder och nynnade för sig själv. Och den bortskämda societetsflicka hon spelade skulle ha Saker Att Säga, åtminstone i privata sammanhang, om deras situation.

"Hm." Hon valde en av klänningarna, höll upp den framför sig och granskade sig i helfigurspegeln på garderobsdörren. "Den här blir perfekt."

Pascal visslade åt henne när hon kom ut från badrummet, och Jessikah dolde inte sin självsäkra min. Hon visste att hon såg fantastisk ut i den vita och guldfärgade, axelbandsprydda Donna Karan-klänningen, med den asymmetriska fållen som visade hela hennes högra ben upp till höften, och ringningen som föll lågt fram och ännu lägre bak.

"Ser jag okej ut, då?" snäste hon åt honom.

"Du ser jävligt fantastisk ut, och det vet du."

Hon log, grep sin sminkväska och svävade förbi honom in i badrummet. "Jävligt rätt gör jag, sugar."

Jessikah såg ännu mer fantastisk ut när hon kom ut, förvånansvärt kort tid senare. Hon var naturligt vacker, men visste uppenbarligen hur man använder makeup för att lyfta fram sina betydande företräden när hon ville. Hennes ögon såg ännu större och blåare ut, de fina linjerna i hennes ansikte var subtilt förfinade. Guld glimmade vid öron, handleder och hals.

Hon såg... Pascal letade efter ordet. *Dyr*, kom han till slut fram till. Krävande. En sådan kvinna måste man behandla med respekt, annars skulle hon gå sin väg på sina skyskrapehöga designerskor och aldrig ge en en blick tillbaka. Och hon skulle förmodligen såga ens rykte över hela sitt Instagramflöde medan hon höll på.

Han log åt tanken, innan han böjde armen och vinklade den mot henne. "Redo?"

"Om vi måste. Jag är utsvulten; jag hoppas att cateringens kvalitet matchar boendet." Hon slöt fingrarna runt hans biceps och kramade mjukt. "Nu kör vi, Pascal."

"Kom bara ihåg", sa han, "synas men inte höras."

"Ja, ja, du har sagt det", suckade hon dramatiskt. "Bara för din skull gör jag ens ansträngningen, sugar. Du ser till att leverera det där diamantarmbandet du lovade mig när vi är tillbaka i Staterna."

"Jag glömmer inte, ängel." Han tryckte en ljudlig puss i hennes hår innan han ledde ut henne ur villan.

"Håll ögonen öppna efter all slags tech. Även kablage", viskade Jess mjukt när de gick tillbaka mot huvudbyggnaden. "Jag gissar att de har satt upp ett övervakningscenter i kontoret bakom det som brukade vara receptionen, men det måste till lite mer än så. Det finns satellitdiskar på taket. Troligen ett serverrum."

"Du menar att du *hoppas* att serverrummet inte ligger i övervakningscentret", viskade han tillbaka cyniskt. "För där kommer det att sitta folk vid skärmarna hela tiden."

Hon nöp honom på insidan av armen. "Bara hitta tekniken. För tills vi gör det vet ingen var vi är. Inte ens vi!"

Jessikah hade en poäng, tänkte Pascal en aning dyster. Med tanke på den kringelkrokiga vägen hit. Inte ens han var helt säker. Ögruppen han trodde att de var på låg ungefär femtio miles utanför Venezuelas nordkust, för långt ut för att se några ljus. Utsikten mot natthimlen var otrolig utan något ljusförorening, kolsvart med fler stjärnor än han någonsin sett i sitt liv som glimmade högt däruppe.

"Åtminstone är det ett trevligt ställe att ta några dagars semester på", sa han med mer normal volym. "Njuta av sol och pool. Skaffa nya vänner."

Hon puffade till, och skrattade sedan. "Jag schemalade faktiskt en veckas Instagraminlägg i förväg. Men jag hintade också om att jag snart har något nytt fint att visa upp... så glöm inte det där armbandet."

"Du kommer att förtjäna det."

Det menade han också. Om de lyckades med det här, om de kunde stoppa alla tre kärnladdningarna och sätta dit Fortuna... då skulle han banne mig köpa henne ett diamantarmband ur egen ficka.

KAPITEL SJU

Pascal hade hört minst två helikoptrar till anlända
medan han och Jess var i sin villa, och han hade ingen aning
om hur många andra som kan ha kommit före dem. Eller
för den delen, kommit med båt. Så han blev inte förvånad
när de klev in i lobbyn och såg flera andra män stå och titta
på fontänerna. Två kände han igen; dem hade han träffat
förr. Skött affärer åt dem. En annan kände han igen till
utseendet men hade aldrig mött. Den fjärde mannen var
en främling.

"Mr Yoon." Han nickade respektfullt åt nordkoreanen.
En av Den Ärade Ledarens närmaste män; såvitt Pascal
visste talade Yoon ingen engelska, men han hade alltid en
tolk med sig. Den här gången en spenslig ung koreansk
kvinna i en militärinspirerad tunika, håret klippt kort.

"Mr Montalban", sa den unga kvinnan efter att Yoon
snabbt hade talat till henne. "Vi väntade oss inte att se er
här. Vi har inte anlitat era tjänster i detta ärende."

"Tja, ni vet att jag inte arbetar enbart för er, Mr Yoon."
Pascal gav ytterligare en respektfull nick. "Även om jag

hoppas få arbeta med er igen framöver, företräder jag i det här fallet en annan klient."

"Och vem kan det vara?" snäste en annan röst, med tung östeuropeisk brytning.

Pascal vände sig om med ännu ett leende mot den bredbröstade tjetjenske generalen, som även i den kvalmiga karibiska hettan bar full mundering, med band och medaljer fästa över tunikan.

"Kom nu, general Dzhokharov. Om jag avslöjade sådan konfidentiell information, skulle jag inte ha några klienter kvar, eller hur?"

Dzhokharov fnös, men gav en liten nick som erkännande. "Har ni träffat Dieter Breukel?"

"Bara till ryktet." Pascal sträckte fram handen mot mannen vars ansikte han hade sett på många spaningsfoton. Breukel var holländare och, liksom Pascal Montalban, en mäklare. En mellanhand.

"Ömsesidigt." Breukel skakade hans hand med en artig nick, blicken skarp när han bedömde Pascal. Precis som de andra männen lät han en snabb, uppskattande blick fara upp och ner över Jessikah för att sedan lika tydligt avfärda henne ur sina tankar.

"Och den siste i vår muntra skara." Dzhokharov pekade på den sista mannen, som stod lite vid sidan. "Saul Hayworth."

Pascal kände hur Jess fingrar slöt sig en aning hårdare om hans arm. Namnet betydde absolut ingenting för honom, men han gissade att hon hade hört det förut. Mannen såg ut och var klädd som en amerikan.

"Jag har sett honom på tv", sa hon. "Hans daddy är Joshua Hayworth, va? Televangelisten?"

"Kalla honom nog inte det." Dzhokharov skrattade fylligt. "Hayworth tror att han är Kristi återkomst själv, och alla hans lärjungar håller med... inklusive sonen."

En fundamentalistisk sektledartyp. Och rimligen mycket välfinansierad. "Den där eld och svavel-typen av predikant?" undrade Pascal.

"Det kan du ge dig på. Om han är köpare vill jag veta var han planerar att använda det. Så att jag kan planera att vara väldigt långt därifrån", sa Jess, vände stora ögon mot honom, och han nickade.

"Jag förstår din oro, ängel. Vi får se. Kanske gör han oss den professionella tjänsten att föreslå en säker plats att befinna sig på."

"Nya Zeeland, kanske." Dzhokharov skrattade igen, och Pascal tyckte att tjetjenen redan hade varit i alkoholen. Eller kanske något starkare. Han verkade lite för upprymd, nästan manisk.

"Mina vänner", dånade en röst genom lobbyn, och alla vände sig om och såg ytterligare en man komma in, åtföljd av Josef och två andra män. Klädd helt i vitt sträckte den nye ankomsten ut armarna i välkomnande. "Välkomna till Isla Fortuna Continental. Jag är er värd... Baz Fortuna."

Pascal fick göra allt för att inte låta hakan falla av chock. För han visste vem mannen i vitt egentligen var, och han hette inte Baz Fortuna.

”Pascal?” mumlade Jess, medan Baz Fortuna tog sig runt i rummet, skakade hand och hälsade sina gäster. ”Vad är det? Du blev alldeles stel.”

”Han är en före detta CIA-agent. Påstås vara död. Sebastian Maroney.” Pascal talade mycket tyst, utan att släppa Maroney, eller Fortuna, eller vad han nu kallade sig, med blicken.

”Före detta CIA!”

”Han kommer inte att veta vem jag är.” Pascal kastade en sidoblick på henne. ”Det finns ingen situation där vi skulle ha mötts. Han ska ha dött för sju år sedan.”

Innan Pascal gick med i byrån, förstod Jess direkt, och nickade. Hon hade aldrig hört Maroneys namn, vilket betydde att byrån med största sannolikhet inte hade den blekaste aning om att Maroney fortfarande levde och hade gått över till den mörka sidan. Döda hjältar pratades det inte alls lika mycket om som levande superskurkar.

Det förklarade också varför ”Baz Fortuna” undvek personliga möten så långt det gick. Han behövde hålla sig utanför CIA:s radar ännu mer fullständigt än de flesta. Ett foto av att han träffade en känd skurk och hans bild skulle matas in i de sofistikerade ansiktsigenkänningsalgoritmerna som Jess hade varit med och programmerat när hon var på NSA. Att vara rapporterad som död skulle inte hindra dem från att identifiera honom då. Han var ju långt ifrån den första skurken som fejkat sin egen död. NSA hade lärt sig den läxan den hårda vägen.

”Pascal Montalban.” Fortuna stannade framför dem, leendet brett och bländande vitt. ”Ert rykte går före er. Liksom mitt, uppenbarligen.” Han skrattade högt och gav sedan Jess en lång, prövande blick. ”Och vem har vi här?”

Han tog hennes hand, förde den till läpparna och kysste den länge.

"Jessica Berry-Sandford." Hon log mot honom, visade groparna i kinderna. "Är det här din ö, Baz... får jag kalla dig Baz? Den är charmig."

"Du får kalla mig vad du vill." Hans ögon var överallt på henne, noterade kläderna, smyckena, kvaliteten på manikyren. "Jag gillar dina skor, Jessica."

"Gör du? Louboutins." Hon vippade upp en röd sula. "Visste du att de gör espadrille-wedges? Jag hittade dem på Nordstrom. För gulliga."

"Jag gillar deras sneakers själv." Han nickade ner mot sina egna fötter, skodda i vita sneakers med taggiga röda sulor. "Loubisharks."

Hon lät ett förtjust, klingande skratt komma. "En man med god smak!"

"Jag hoppas att ni fortsätter tycka det. Josef." Fortuna vinkade till sin assistent. "Öppna dörrarna, tack."

Josef skyndade att lyda, öppnade ett par dubbeldörrar på ena sidan av lobbyn och släppte in gruppen i ett stort evenemangsrum, uppdukat som matsal med ett enda långt bord i mitten och en fullt utrustad bar längs ena sidan. Flera kvinnor i utmanande klänningar stod samlade vid baren.

"Mina herrar. Och damer. Varsågoda, kom in till middagen."

"Vi är inte här för att äta", sa den koreanska tolken, uppenbart föranledd av Mr Yoon. "När äger auktionen rum?"

"Allt i sinom tid, min vän." Fortuna log sitt hajleende, ögonen svarta och livlösa. "För ikväll hoppas jag att ni njuter av gästfriheten på Isla Fortuna Continental. Ni förstår alla betydelsen av namnet, hoppas jag? Ni har sett *John Wick*?"

The Continental. Neutral mark. Jess nickade inte, men hon såg Pascal luta på huvudet, likaså Breukel och Hayworth. Yoon och Dzhokharov såg oförstående ut, och Josef och en av Fortunas andra assistenter gled närmare dem, uppenbart för att förklara konceptet.

"En del av er har tagit med eget sällskap", sa Fortuna, "men snälla... låt även mina vänner roa er." Han gestikulerade mot kvinnorna vid baren, som rörde sig framåt på den uppenbart förhandsbestämda signalen, med glas champagne och inövade leenden.

Den koreanska tolken med Yoon backade ett steg, med avsmak som drog hennes tunna läppar, men Yoon verkade inte bry sig eller märka. För första gången lade Jess märke till att det fanns en kvinna hos Dzhokharov också... egentligen en flicka, smal och späd i en skimrande silverklänning som knappt nådde ned över låren. Hon följde tätt bakom den tjetjenske generalen, höll sig inom armlängds avstånd som om hon vore bunden till honom, blicken sänkt mot golvet. Dzhokharov verkade inte ägna henne någon uppmärksamhet, log brett och kom med bullriga kommentarer när Fortunas kvinnor närmade sig honom.

"Tack", sa Jess, tog emot ett glas champagne, tog en klunk och hummade uppskattande. Det dyra bubblet, tänkte hon. Med tanke på storleken på de icke återbetalningsbara depositionerna som budgivarna hade betalat för att vara här kunde Fortuna dock kosta på sig. Hennes betalning hade varit störst på strax under en kvarts miljon dollar, men det skulle bli över en miljon dollar mellan dem fem, vilket åtminstone skulle täcka alla kostnader för att få dit alla och underhålla dem.

En dörr på andra sidan rummet öppnades, och personal började strömma in bärande på fat med mat och ställde fram dem på bordet. Fortuna uppmanade sina gäster att sätta sig, och till Jess förvåning fann hon, när hon slog sig ner bredvid Pascal, att Fortuna tog plats på andra sidan om henne. Hans uppmärksamhet upptogs dock omedelbart av Dzhokharov, som satte sig mittemot, så hon försökte släppa sin spänning och njuta av den onekligen utmärkta maten.

Flickan i silverklänningen hade satt sig vid Dzhokharov och satt med händerna i knät och blicken sänkt, nafsade i ett par tuggor av maten som Dzhokharov lade på hennes tallrik och sa ingenting. Jess övervägde sina alternativ, bestämde sig snabbt för att hennes persona åtminstone skulle göra ett vänligt försök, och under en paus i samtalet lutade hon sig fram och talade.

"Hej, jag heter Jess. Vad heter du?"

Flickans ögon flög upp mot Jess ansikte. Hon såg förskräckt ut över att ha blivit tilltalad.

"Åh... förlåt... pratar du inte engelska? Jag pratar inte ryska. *Parlez-vous français?*"

"Jag pratar lite engelska", sa flickan tveksamt, efter att ha kastat en snabb sidoblick på Dzhokharov, som ignorerade henne och talade med kvinnan på sin andra sida. "Mitt namn, Mariska."

"Trevligt att träffas, Mariska." Jess var på väg att ställa en fråga till när Fortuna la sig i.

"Du talar franska, Jess?"

"Självklart." Hon fladdrade med ögonfransarna mot honom. "Det var där Pascal och jag träffades. Pappa har en chalet i Val d'Isère; vi åker dit varje vår och åker skidor."

"Förstår. Vad gör din far, skulle jag ha hört talas om honom?"

"Tvivlar på det! Han är valutahandlare." Hon fnissade, viftade lätt med fingertopparna. "Han tillbringar dagarna nedgrävd i grafer på skärmar. Han är *väldigt* bra på det."

Underförstått förstås att han var *väldigt* rik. Och om Fortuna skickade sitt folk att kolla, skulle de hitta en perfekt elektronisk historik för en Emmanuel Sandford, med nettotillgångar på höga åttasiffriga belopp.

Någon sådan person fanns inte i verkligheten, men det skulle ta åtminstone några dagar och betydande resurser att lista ut det, och tills dess – om Fortuna ens brydde sig – hoppades Jessikah att de skulle vara långt därifrån.

"Är du inte sugen på att gå i din fars fotspår?" fortsatte Fortuna.

Jess gav honom en tom blick. "Varför skulle jag? Han är urtråkig. Hälften av tiden, även när vi är i Val d'Isère, är han för upptagen med jobbet för att komma ut och njuta av pisterna. Jag vill hellre njuta av livet."

"Det här är en kvinna som kan leva." Pascal blandade sig i samtalet och lade armen om hennes axlar. "Orädd! Du skulle ha sett henne i den där svarta pisten. Jag kom inte ikapp henne, fast jag försökte. Åker du skidor, Fortuna?"

"Ibland. Jag har aldrig varit i Val d'Isère, dock. Kanske ska jag pröva." Fortuna tog inte ögonen från Jess; hon kände hur huden kröp under intensiteten i hans blick men höll minen obekymrad, sorglös.

"Vi är alltid där till påsk. Kanske ses vi nästa år. Pascal, älskling, mitt glas är tomt." Hon vände bort blicken, tvungen att bryta ögonkontakten åtminstone en stund innan hon försade sig och lät avskyn märkas.

”Min personal sviker mig.” Fortunas uttryck mörknade; han knäppte med fingrarna och pekade på Jess glas. En servitör var nära att snubbla över sig själv i sin iver att fylla på, med paniken i ansiktet.

”Låt inte det där hända igen”, morrade Fortuna.

”Ja, sir!”

”Mina gäster förväntar sig uppmärksam service. Se till att leverera.” Fortuna suckade och avfärdade uppenbart mannen ur sitt medvetande. ”Mina ursäkter, min vän.”

”Ingen skada skedd, älskling. Mina komplimanger för champagnen, förresten. Ljuvlig. Liksom maten!”

”Det tar livet av henne att inte kunna ta bilder till Instagram”, sa Pascal till Fortuna.

”Ah... det beklagar jag, Jessica. Du förstår förstås det känsliga i min verksamhet. Och mina gästers integritet måste respekteras också.”

Hon gav en teatralisk suck, rullade med ögonen, men log för att visa att hon spelade. ”Det är okej. Det är ditt ställe, Mr Fortuna. Dina regler.”

”Ni är en smart kvinna.” Hans ögon var förvånansvärt varma när han såg på henne. ”Det är sällsynt att hitta en kvinna som ser ut som ni och har en hjärna som matchar. Ni har en bra en här, Montalban. Hoppas att ni uppskattar henne.”

”Det gör jag”, sa Pascal, samtidigt som Jessikah kokade tyst över Fortunas misogyna kommentar.

Fortuna kunde inte låta bli att *ta* på henne. En lätt kläm på axeln, en klapp på handen, hans lår som snuddade vid hennes när han bredde ut sig på stolen. Det måste vara avsiktligt, för han gjorde det inte mot kvinnan på sin andra sida, och det krävde allt Jess hade för att inte rycka undan vid varje beröring. Varenda instinkt sa åt henne att greppa ett av hans fingrar och böja det bakåt tills han pep nästa gång, men det var det sista hon kunde göra. När han lade handen på hennes lår, däremot, var hon tvungen att göra något.

"Ursäkta mig, allihop." Hon sköt bak stolen och reste sig. "Jag måste besöka damrummet."

"Låt mig visa..." Fortuna sköt tillbaka sin stol och var på väg att resa sig, men hon lade en hand på hans axel och skrattade.

"Älskling, jag ser skylten precis där borta! Jag kommer inte gå vilse. Tillbaka om en minut, gullet." Hon blåste Pascal en kyss och svassade därifrån, alltför medveten om Fortunas ögon i ryggen.

Kapitel Åtta

Pascal var mycket väl medveten om att Fortunas händer på Jess var en maktdemonstration. Ett sätt att visa sin dominans, slå fast sitt herravälde och visa att allt på ön var hans att ta. Och sanningen var att om Fortuna bestämde sig för att han ville ha Jess och tänkte ta henne, fanns det ingenting Pascal kunde göra åt saken. Han var i numerärt underläge och, eftersom han var helt obeväpnad, underlägsen i beväpning också. Det enda han kunde åstadkomma var i princip att bli dödad eller slagen halvt medvetslös, vilket skulle lämna Jess utan backup.

Han var tvungen att lita på att Jess hanterade Fortuna själv. Eller hoppas att någon av de andra kvinnorna skulle distrahera Fortuna tillräckligt; den hisnande vackra brunetten på Fortunas andra sida gjorde sannerligen ett försök, hon lutade sig mot honom och pressade armbågarna samman så att brösten i princip höll på att falla ur den urringade röda klänningen.

Jess kom tillbaka från badrummet då, och när Pascal såg sättet hon gick på, hur den vit- och guldfärgade klänningen smekte hennes slingrande kurvor, fick han medge för sig själv att även i ett rum med tio andra vackra kvinnor drog Jess allas blickar till sig.

Han måste göra något, annars skulle hon bli trakasserad av dem allihop, inte bara av Fortuna. Han måste markera att hon var hans, så att åtminstone de andra potentiella köparna tänkte efter en gång till, av rädsla för att reta upp honom.

När Jess kom tillbaka till bordet, reste sig Pascal och sträckte handen mot henne, i ett försök att telegrafera sina avsikter. Hon tog hans hand, med en fråga i blicken, och han drog henne tätt intill, la den andra handen runt hennes midja och pressade deras kroppar mot varandra från bröst till höft.

”Åh”, sa hon ljudlöst, hennes blick flackade snabbt åt sidan, och han såg hur hjärnan slog om, hur hon räknade ut vad han gjorde och varför.

Och så krökte sig hennes läppar i ett gåtfullt litet leende och hon lutade sig närmare, sträckte sig upp mot honom, med ögonfransarna svävande ner för att vila mot kinderna.

Det var ett tyst medgivande, och han tog det, vinklade sin mun över hennes och kysste henne länge, långsamt och grundligt.

De var för nära de andra för att det skulle kunna vara något annat än en riktig kyss, och Jessikah var antingen en lysande skådespelerska eller så njöt hon faktiskt, för hon kysste honom lika grundligt tillbaka, smälte mot honom och lät fingrarna på sin fria hand glida in i hans hår.

Det var den sortens kyss som kunde slå en mans värld helt ur kurs, och i flera långa sekunder glömde Pascal bort alla andra i rummet. Terroristerna och småpåvarna till tyranner som han ägnat sitt liv åt att fälla, som bevakade varandra lystet för att hitta sprickor i rustningen, vad som helst de kunde använda för att sänka varandra, som en flock hyenor.

Jess var inte hans svaghet, dock. Hon var en styrka. De skulle underskatta henne, se henne som bara ett vackert ansikte och en vacker kropp och inte för ett ögonblick ana den briljanta hjärnan bakom.

Han avslutade kyssen långsamt, lyfte på huvudet, och Jess blinkade upp ögonen, log det där gåtfulla lilla leendet igen och överraskade honom genom att medvetet riva sina naglar nedför nacken på honom. Han ryckte till, och gåshuden spred sig över hela kroppen.

"Men du, älskling", sa hon med rösten precis så högt att Fortuna skulle höra. "Du vet att du inte behöver bli svartsjuk när jag pratar med andra män. Jag är helt och hållet din."

"Och glöm inte det." Han gav henne en lätt klapp på rumpan, släppte sedan taget och höll i ryggen på hennes stol så att hon kunde sätta sig.

Fortuna iakttog dem, uttrycket stilla och eftertänksamt, och så fort Pascal mötte hans blick, förändrades hans min tillbaka till den storsinte, generöse värden, full av gemyt.

"Dessert!" ropade Fortuna, och serveringspersonalen kom skyndande ut från köket med flera brickor och fat med utsökta desserter ovanpå. "Ni måste prova bombe Alaska, mina vänner. En mycket passande dessert för denna sammankomst, tyckte jag!" Han skrattade högt och inbjöd dem att dela hans munterhet, och Pascal och Jessikah stämde pliktskyldigt in.

Mariska, tjetjenskan, iakttog dem. Dzhokharov blev full, som vanligt enligt Pascals erfarenhet – mannen hade ingen disciplin – och hade redan en av Fortunas tjejer i knät, varpå Mariska verkade lättad. Pascal fick en ytterst olustig känsla av att hon var ännu yngre än hon såg ut.

Han hade sett mycket hemskt de senaste åren och tvingats se åt andra hållet oftare än inte. Men han hade en stark känsla av att Jessikah inte skulle klara det. Inte om hennes smala blick, när hon såg hur Mariska ryckte undan för Dzhokharovs yviga gester, var någon vägledning.

”Kom ihåg varför vi är här”, sa han mjukt i hennes öra, under förevändning att sensuellt nafsa på det. ”En liten tjetjenska är det inte.”

”Liten flicka, precis”, viskade Jess tillbaka, men han såg hur hon gav upp när hon kastade en blick upp på honom. Hon förstod.

Tre kärnladdningar vägde tyngre än en enskild människas väl och ve. När de var säkrade, om han kunde göra något för Mariska, skulle han göra det, men fram till dess måste de hålla sig till uppdraget.

”Nå, jag är mätt”, deklarerade han, ”och efter den här dagen tänker jag gå till sängs. Jag kanske tar en promenad först, om det går bra, Fortuna? Av hänsyn, finns det något som är förbjudet? Vill inte trampa någon på tårna.”

”Vänligt att fråga, Montalban.” Fortuna nickade som tack för den professionella hänsynen. ”Villan högst uppe på kullen är min; gå inte förbi grinden i staketet runt den. Om någon av mina vakter säger åt er att stanna, gör gärna det, men i övrigt kan ni röra er var ni vill på ön.”

”Och i morgon gör vi affärer?”

”På eftermiddagen.” Fortuna log vargaktigt. ”Jag tror att några av mina gäster inte skulle uppskatta om jag krävde en tidig start.” Han lät blicken snabbt svepa över bordet mot Dzhokharov och, kanske överraskande, Hayworth, predikantens son, som också verkade rejält berusad, med en tjej i knät. Eller kanske inte så överraskande. Kanske hölls Hayworth i hårda tyglar av sin far i vanliga fall.

Eller så var båda Hayworth-männen massiva hycklare som inte levde som de lärde, vilket var minst lika troligt, tänkte Pascal medan han reste sig och drog upp Jess med sig.

"Och god natt på er, min kära", sa Fortuna till Jess, tog hennes hand och placerade en dröjande kyss på dess ovansida. "Såvida du inte vill dumpa den tråkige Mr Montalban och stanna på festen? Jag skulle göra det värt besväret."

"Åh, älskling." Hon skrattade retfullt och drog undan handen. "Du har inte råd med mig."

Åh helvete. Det hade varit fel sak att säga. Pascal såg utmaningen tändas i Fortunas ögon. Det fanns inget han kunde säga för att mildra skadan just nu, så han log neutralt och drog med sig Jessikah ut ur rummet.

"Fan", viskade hon när de gick ut i trädgården. "Jag tror att jag just sabbade allt."

"Jag kan reda upp det, men jag måste gå tillbaka och prata med honom ensam. Jag behöver det ändå. Han vill ha dig och han är inte subtil med det."

"Vad i helvete ska du säga?" väste hon.

"Jag funderar fortfarande", erkände han. "Men om jag inte gör det kommer han att bestämma att du är en utmaning han inte kan motstå och bara ge sina män order att döda mig för att få mig ur vägen. Jag måste få honom att tänka med affärshjärnan i stället för med den där nere i byxorna."

"Han måste vara smart, om han var på byrån och har hållit sig under radarn i åratal." Jess såg eftertänksam ut när de promenerade genom trädgårdarna, upplysta av tiki-facklor som flammade här och där i mörkret, med huvudena böjda mot varandra som älskande som viskar ömma ord. "Om jag inte visste det skulle jag tro att han bara var ego och yta."

"Jag har vridit och vänt på hjärnan för att minnas vad jag vet om honom. Han försvann någonstans i Sydamerika, det kan till och med ha varit Venezuela. Byrån fick en video där han blev torterad och dödad, om jag minns rätt."

"Måste ha varit en djävulsk deepfake. Jag vill gärna se den."

"Ingen tvekan." Pascal skakade beklagande på huvudet. "De utgick från att den var sann för att det var vad de förväntade sig att se, men han måste ha riggat allt själv, den jäveln."

"Vi tar honom. Jag ser till att din chef vet vem han är, när vi hittar datorerna och kan få ut ett meddelande."

"Ja." Pascal gillade inte oddsen, men sa ingenting. Männen som följde Fortuna bar radioapparater, inte mobiler, och han hade inte sett några avslöjande rektanglar i några fickor. Fortuna var smart som höll hård kontroll på all teknik som behövde finnas på ön, men det skulle göra deras liv svårt och farligt, och mycket möjligt att de bara fick en enda chans att sända ut ett meddelande. De måste välja sin stund med omsorg.

De hade kommit tillbaka till sin villa, och Pascal öppnade dörren så att Jess kunde gå in. "Jag går nog tillbaka och pratar med honom. Vill inte lämna det till morgonen. Han kommer att gå och koka över det där 'du har inte råd med mig'-kommentaren."

"Förlåt", sa hon ångerfullt.

"Det är okej, ängel. Stanna bara här. Jag är snart tillbaka." Han gav henne en ljudlig puss på kinden för att eventuella åhörare skulle höra, innan han snurrade runt på klacken.

Josef kom upp vid hans sida när Pascal återvände till matsalen. "Allt väl, Mr Montalban? Är det något ni och Miss Berry-Sandford behöver i er villa?"

"Jag behöver ett enskilt ord med Mr Fortuna. Inte om affären som fört oss hit. En personlig sak."

Josef höjde på ögonbrynen.

"Jag tror att min flickvän råkade säga något till Mr Fortuna som kan ha förolämpat honom. Jag vill försäkra mig om att det reds ut", förklarade Pascal.

"Var så god och följ med."

Josef ledde honom tillbaka till lobbyn och över till andra sidan, till en liten lounge som förmodligen en gång hade använts av resenärer i väntan på upphämtning. "Jag frågar om Mr Fortuna tar emot er", sa Josef, innan han lämnade honom ensam.

Pascal gissade att Fortuna skulle låta honom vänta, så han passade på att strosa, till synes nonchalant, runt i rummet och i smyg gå igenom allt mycket noggrant.

Och det var då han såg det. Genom fönstret tittade han ut över en sorts servicegång på baksidan av huvudbyggnaden, och han kunde genom ett upplyst fönster se in i ett annat rum. Ett där det fanns datorer. Flera stycken.

Han försköt sig diskret till andra sidan av fönstret för att se om det fanns någon i datorrummet, men det verkade tomt. Han kunde se en dörr från den här vinkeln; försökte lista ut var den ledde ut.

"Mr Montalban", sa en röst bakom honom, och han vände sig om och såg Fortuna, med händerna i fickorna på de vita byxorna och ett litet snett leende på läpparna. "Vad kan jag göra för er? Jag tänker inte diskutera affärer utan de andra köparna närvarande, av rättviseskäl.”

”Förstått. Det här gäller inte det.” Pascal sträckte på sig och mötte den andre mannens blick. ”Det här är mellan er och mig.”

”Är det?” Fortuna lutade huvudet, log nyfiket. ”Såvitt jag vet är i kväll första gången vi träffas, även om jag förstås har hört talas om er. Vi har ibland gemensamma klienter.”

”Javisst, men jag tror att Jessica kan ha råkat förolämpa er.” Pascal ryckte på axlarna. ”Med kommentaren om att ni inte hade råd med henne.”

”För ett ögonblick, kanske. Men sedan tänkte jag efter och insåg... hon är inte den sortens kvinna man kan köpa, eller hur?”

”Hennes pappa är sannolikt värd mer än er och mig tillsammans. Och han tjänade inte allt lagligt, oavsett hur prydligt och fint allt ser ut nu. Han fick sitt startkapital genom att tvätta pengar åt kartellerna.” Pascal broderade, men han behövde ge Fortuna en anledning att backa utan att tappa ansiktet. ”Jag skulle *inte* riskera att reta upp honom. Jess är hans enda barn, och även om hon snackar skit om honom och kallar honom en tråkig nörd, så avgudar de varandra. Om något händer henne skulle han lägga varenda krona på att jaga rätt på den skyldige och tycka att det var väl använda pengar.”

”Ah”, mumlade Fortuna.

”Jag talar klarspråk. Jag ser att ni är attraherad av henne. Varenda rödblodig man som sett henne sedan jag mötte henne har blivit det.” Han log beklagande och bjöd in Fortuna att dela hans munterhet. ”Men saken är den att hon är inte en kvinna man kan köpa, ta eller göra anspråk på. Hon är en kvinna man måste vinna. Och det gjorde jag.” Han hårdnade i rösten och höll blicken stadigt i Fortunas. "Och med all respekt uppskattar jag inte att ni lägger händerna på det som är mitt. Er gästfrihet ger er inte rätt till det."

"Men kom nu." Fortuna försökte skratta bort det.

"Det här är ert hem och era regler, det respekterar jag. Affärer kommer först för oss båda, tror jag, och jag hoppas göra affärer med er i den här affären och kanske fler i framtiden. Men respekten måste vara ömsesidig, och det är den uppenbarligen inte om ni försöker göra ett drag på Jess rakt framför mig."

Ett laddat ögonblick stirrade de på varandra i tystnad. Pascal kunde nästan se kugghjulen snurra i Fortunas huvud, medan den djupt självviske, arrogante vapenhandlaren gjorde sina beräkningar. Försökte räkna ut om han kunde få allt han ville ha utan dyra och möjligen förödande följder.

Till slut ryckte Fortuna på axlarna och skrattade. "Vad är problemet, Montalban? Hon är bara en kvinna."

"*Min* kvinna."

"Som ni vill. Jag går tillbaka till *min* fest. Ha en trevlig kväll." Fortuna vände på klacken och gick därifrån utan ett ord till, och lämnade Pascal att undra om han just gjort saken bättre eller sämre.

KAPITEL NIO

DET TOG JESS UNGEFÄR tre minuter ensam i villan att bestämma sig för att hon inte ville vara där. Och inte ens en minut till innan hon slet av sig klänning och skor och drog på sig ett par yogabyxor, ett linne och en mössa att stoppa in håret i... allt svart, alltihop som hon hade gömt i "underklädespåsen" som hon inte hade låtit Josef titta i tidigare. Svarta ballerinaskor fullbordade hennes smyga-runt-outfit och hon var redo att ge sig av.

Det fanns datorer någonstans på den här förbannade ön. Och hon tänkte hitta dem.

Hon gled tyst ut i natten, klev genast av de fackelupplysta stigarna och litade på det klara mån- och stjärnljuset för att hitta runt.

"I huvudbyggnaden måste det vara", viskade hon för sig själv. "Men runt baksidan... kanske bakom köken?"

Hon tog sig runt till baksidan av byggnaden. Snubblade nästan över en soptunna och tog emot sig mot väggen i sista stund, med ett väsande andetag. Inte en sekund för tidigt, för en dörr svängde plötsligt upp och en köksarbetare kom ut, slängde en säck till i soporna och muttrade för sig själv hela tiden.

Jess vågade inte ens andas. Hon stod bara tryckt mot väggen, i hopp om att skuggorna dolde henne tillräckligt.

Mannen vände sig om och gick tillbaka in i köket, och Jess släppte ut en andedräkt. Det hade varit på håret. Om hon inte nästan hade snubblat över tunnan, hade hon gått rakt in i honom, och hon hade inte haft någon som helst förklaring som skulle ha hållit för varför hon smög runt i servicegången i mörkret.

Hon smög vidare, förbi köksdörren, mot två upplysta fönster på varsin sida om gränden. Röster från fönstret till höger fick henne att stanna innan hon kom fram.

Det där var Pascals röst. Och Fortunas. Hon hade snubblat in i det som lät som slutet på ett samtal.

"Vad är problemet, Montalban? Hon är bara en kvinna." Det var Fortunas röst, kall och föraktfull.

"*Min* kvinna", sa Pascal, tyst men bestämt.

"Som du vill. Jag går tillbaka till min fest. Ha en trevlig kväll."

Fortunas Loubisharks pep till när han vände på klacken och gick ut.

Jess tog en chans och kikade in genom fönstret, såg bara Pascals rygg när också han lämnade rummet.

Min kvinna.

Hon visste inte riktigt hur hon kände inför det. Magen vred sig konstigt. Klart att det bara var spel från Pascals sida, men... den där kyssen tidigare hade sannerligen känts verklig.

Min kvinna.

En del av henne ville att det skulle vara på riktigt.

Höga skratt nådde henne från festen två rum bort, och Jess skakade på sig. Att stå här och sitta och drömma om Pascal tjänade inte hennes syfte.

Hon vände sig om, klev försiktigt över gränden och hukade under karmen till det andra fönstret, lyfte sig upp så hon kunde kika in med ena ögat.

Ja! Hon tillät sig en liten segergest. Hon hade hittat datorerna. Och de var bra; hennes tränade öga såg servrar, en satellitlänk och mer. Ingen övervakningsutrustning, dock. Som hon hade misstänkt måste den vara i ett annat rum och sannolikt på en intern server, isolerad från det större internet. Det var så hon själv hade gjort. Och Fortuna var CIA-tränad, han var ingen dumbom. Åtkomsten till serverrummet var troligen hårt kontrollerad... det var ingen där inne just nu. Försiktigt kände hon längs fönstret, men det var förseglat, inte gjort för att öppnas lätt, om alls. Hon behövde hitta vart dörren på andra sidan rummet ledde ut, men inte i kväll, för Pascal skulle komma tillbaka till villan när som helst, och när han upptäckte att hon var borta, skulle han gå raka vägen hit och ställa till en scen.

Hon sprang hela vägen tillbaka på tysta fötter, höll sig borta från de upplysta stigarna, och mötte Pascal precis när han var på väg upp mot villan. Han kastade en blick på henne i hennes svarta outfit och mössa, och läpparna hårdnade.

Oj då, nu får jag skäll. Hon gav honom ett illmarigt grin. "Hittade serverrummet", formade hon triumferande med läpparna.

"Det gjorde jag med", formade han tillbaka.

Jaha. Han hade säkert sett det genom det andra fönstret. Hon sjönk ihop, bedrövad, när hon insåg att hon hade riskerat att smyga ut helt i onödan.

Pascals ansikte mjuknade, och han sträckte ut handen, slet av henne mössan och stoppade den i fickan. "Jag pratade med Fortuna", sa han, högt, för eventuella osynliga lyssnares skull. "Klarlade att respekt måste gå åt båda håll."

"Du är löjlig", sa hon och tog sin cue av honom. "Han flirtade bara. Jag kunde hantera det."

"Kanske. Han är inte van vid att nekas det han vill ha, men han måste förstå att om han försöker ta dig så får det konsekvenser, och inte bara från mig."

Jess höjde nyfiket på ögonbrynen, och Pascal... såg han faktiskt *skyldig* ut? Vad hade han sagt till Fortuna, innan den lilla biten hon råkade höra?

"Jag sa att din far kan köpa oss båda för småpengar... och att han fick sin start genom att tvätta pengar åt kartellerna."

Jess blinkade, överrumplad, och sedan log hon. Pascal kunde omöjligt veta det, men det var ett stänk av genialitet som skulle förklara eventuella ytligare oregelbundenheter om Fortuna satte sina människor på att kolla upp hennes påhittade far.

"Nu, älskling", spann hon och slingrade armarna om hans nacke, "du vet att jag inte får berätta det för någon. Pappa är hundra procent respektabel nuförtiden."

"Vem skulle Fortuna berätta det för, ängel? Jag ville bara att han skulle förstå att det inte bara är mig han bråkar med om han låter kuken styra tänkandet."

"Du är possessiv. Och jag gillar det faktiskt."

Jess började tappa bort vad hon spelade för deras osynliga publik och vad hon verkligen kände. Den här under-cover-grejen var förvirrande som fan; hur hade Liane levt så här i åratal? Jess hade varit undercover i *en dag* och var redan utmattad.

"Kom", sa Pascal. "Ta av sminket så går vi och lägger oss."

Det var en bra idé, men hon visste redan att de inte kunde somna direkt. De skulle åtminstone behöva iscensätta ljuden av älskog, för att inte göra någon misstänksam; de hade diskuterat det under den långa bilresan till San Diego och kommit fram till att de måste hålla sig i karaktär från det ögonblick de landade i Puerto Rico ifall de observerades. Jess pustade ut en liten suck och nickade, mötte Pascals blick.

"Fem minuter."

Han nickade, vände sig bort och drog tröjan över huvudet. Hon stirrade, trollbunden, när musklerna i hans rygg spelade under den släta bruna huden, innan hon skakade av sig det och gick mot badrummet.

Skärp dig, befallde hon sig själv tyst medan hon drog en rengöringsservett över ansiktet. *Ja, han är en vältränad, attraktiv man och han kysser som en dröm, men...*

Det fanns inga men, insåg hon dystert. Hennes libido lyssnade absolut inte. Något inom henne var vilt upphetsat av allt med Pascal och hon kunde inte slå av det med kall, hård logik.

Kanske var det den ständiga risken att bli avslöjad också, funderade hon medan hon borstade tänderna. Den extra farokryddan fick adrenalinet att pumpa i ådrorna hela tiden och skärpte varje känsla och reaktion.

"Är du klar, Jess?" sa Pascal tyst utanför badrumsdörren.

"Strax." Hon spolade, tvättade händerna och öppnade dörren.

Han lät blicken gå upp och ner över henne och log. "Snyggt."

Hon hade bytt till pyjamasen hon tagit med sig, ett linne och lösa byxor i ett silkeslent material. De täckte henne helt, men det dyra, glatta tyget hade fått dem att se ut som sexigt underkläder i hennes resväska.

"Skönt att du gillar dem", sa hon näsvist.

"Du skulle vara bedårande i en potatissäck och det vet du."

Dörren slog igen bakom honom och Jess försökte kämpa ner den varma rodnad som spred sig vid komplimangen. Hon gick och lade sig, fluffade om kuddarna och slängde en bunt prydnadskuddar på golvet.

"Vem kan sova med så här många kuddar?" muttrade hon föraktfullt. "Ge mig komfort framför estetik alla dagar." När hon vickade runt upptäckte hon åtminstone att madrassen var skön. Och luftkonditioneringen var ställd på en vettig temperatur, så hon skulle kunna sova, om hennes rusande hjärna bara lugnade sig tillräckligt mycket för att låta henne, åtminstone.

Pascal kom ut ur badrummet iklädd bara ett par boxershorts, och släckte taklampan på väg till sängen. Jess sträckte sig efter lampknappen på sin sida, men han skakade på huvudet.

"Nej, låt den vara på. Jag vill se ditt ansikte."

Hon förstod honom så att han ville försäkra sig om att allt han gjorde var okej för henne, och att han behövde kunna se visuella signaler eftersom hon kanske inte kunde ge verbala av rädsla att göra lyssnare misstänksamma.

"Du såg ut som en miljon i kväll", sa Pascal mjukt och gled ner i sängen bredvid henne. "Den där klänningen var värd varenda cent du nu betalade."

”Inte en miljon. Jag lovar. Men om du nu ger en tjej ditt kreditkort och släpper lös henne på Rodeo Drive?” Hon fnittrade. ”Då får du räkna med lite skador.”

”Värt det.” Han stödde sig på sidan och såg på henne. ”Jag vet att du är van att bli bortskämd av din daltande pappa. Jag försäkrar dig, jag håller dig i den stil du är van vid.”

”Jag vet. Är du fortfarande orolig att jag ska frestas bort av killen med egen privat ö?” sa hon retfullt. ”Älskling. Jag har blivit uppvaktad av säkert tjugo killar med egna privata öar. Min bästa vän från skolan är för sjutton europeisk kunglighet. Jag är svårimponerad.”

”Påminn mig igen varför du är här med mig?”

”För att du erbjöd mig något som pengar inte kan köpa.” Hon sträckte ut handen och rörde vid hans ansikte. *Äventyr*, formade hon med läpparna, med gnistrande ögon, men högt sa hon ”Uppriktighet.”

Han skakade på huvudet, med ögon mörka av känslor hon inte kunde namnge. Oro, anade hon. Rädsla för att hon, utan undercover-erfarenhet, skulle rusa huvudstupa in i något och kompromettera dem båda.

Se på i kväll. Hon borde ha väntat på att han kom tillbaka, inte sprungit iväg vid första bästa tillfälle och riskerat att avslöjas, bara för att få reda på något Pascal redan visste. De behövde samordna sina ansträngningar bättre, och Jess visste att hon hade fel. Hennes expertis var tech. Det var därför hon var här. Pascal var spionen, och hon behövde låta spionerandet vara hans om han inte gav henne en specifik uppgift.

”Redo?” formade han med läpparna, och hon nickade.

Pascal förde handen till munnen, kysste handryggen högt och ljudligt.

Jess kvävde ett skratt. Hon lät ett mjukt stön i stället.

Pascal dängde handen mot sänggaveln. Sängen gnisslade och han log.

De turades om att gunga fram och tillbaka så sängen gnisslade, båda tvungna att hålla tillbaka skratt och i stället försöka stöna och jämra sig i en övertygande imitation av sex.

Jess borrade ner ansiktet i kudden, oförmögen att hålla sig för skratt längre. Pascal strök lätt över hennes skakande axlar, tryckte mellan skulderbladen. Hon vågade en blick på honom, såg grinet i hans ansikte och var tvungen att stoppa in ett hörn av kudden i munnen. Små pip och kvidanden kom ut, och tanken att den som lyssnade kanske trodde att det var ljud hon kunde ge ifrån sig under sex fick henne bara att skratta ännu mer. Spänningen släppte och hon kände tårarna rinna nerför kinderna.

"Där är min vackra tjej", mumlade Pascal och strök henne över axeln. "Du är så duktig."

Orden kunde passa in i båda situationerna, men hon visste att han lugnade henne angående hennes misstag tidigare. Hennes brist på fälterfarenhet.

Impulsivt rullade hon över på sidan och lade armen om honom i en kram. "Jag är så glad att jag är här med dig", viskade hon, osäker på om några gömda mikrofoner skulle snappa upp henne eller inte och struntade i det.

Pascal stelnade ett ögonblick, och sedan rörde sig hans stora hand upp för att varsamt släta över hennes hår. "Det finns ingen annan jag skulle vilja ha här med mig för att få det här gjort", sa han tyst.

Hon log, såg in i hans ögon, och något förändrades mellan dem. Liggande sida vid sida, redan vidrörande, var det som om luften mellan dem plötsligt blev laddad.

Jess fuktade läpparna, helt omedvetet, och Pascal drog in ett vasst andetag. Hans fingrar krullade sig i hennes hår, stödde hennes huvud. Drog henne bara det allra, allra minsta närmare, men trycket var så lätt att hon visste att hon enkelt kunde dra sig undan om hon ville.

Varenda uns av sunt förnuft hon hade skrek åt henne att hon borde dra sig undan. Att det här var en dålig idé, att gränserna mellan personligt och professionellt redan var rörigt suddiga i den här situationen.

Hon kysste honom ändå. Jess hade aldrig varit särskilt bra på att förneka sig själv något hon verkligen ville ha, och just nu ville hon kyssa Pascal mer än nästan något hon någonsin velat i sitt liv.

Han stönade på riktigt den här gången när kyssen fördjupades, och hon stönade också, för den här kyssen var ännu mer perfekt, ännu hetare, än den de hade uppfört för publik i matsalen tidigare.

Jess borrade in fingrarna i hans axel, drog sig närmare honom, pressade kroppen mot hans längd. Han var hård, hans kuk tryckte mot det tunna tyget i hans shorts, pressade mot hennes mage. Hennes kropps reaktion var inte lika tydlig, men bröstvårtorna var hårda små knoppar som tryckte mot hans bröst, och våtheten mellan hennes lår fick henne att vilja kränga av sig de lösa byxorna och rida honom tills de båda skrek.

Hon var inte helt säker på vem som drog sig undan. Kanske fick de båda en kollektiv attack av förnuft, men på något sätt särade deras läppar på sig och de stirrade in i varandras ögon, andades snabbt, med pulsen dånande.

”Jess”, sa han tyst, och sedan skakade han på huvudet. ”Du får mig att känna... för mycket. Jag måste hålla fokus på... affärer.”

Han hade rätt. De behövde båda hålla fokus på jobbet, skälet till att de var här. Det stod alldeles för mycket på spel för att de skulle bli distraherade.

"När vi åker hem", sa hon lågt, "tror jag att vi kanske har några allvarliga samtal att ta. Om framtiden."

"Det förtjänar du. Men den här affären är för viktig. För mig, för min klient. Jag måste fokusera."

"Jag förstår. Jag lovar, jag ska... skärpa mig. Inte distrahera dig."

Han skrattade plötsligt, med gyllene ögon som gnistrade. "Du är en distraktion bara genom att finnas, Jess, men det där ligger inte på dig. Det ligger på mig att hålla fokus."

"På mig med", sa hon tyst.

Han nickade, uttrycket blev allvarligt, men högt sa han "Åh ängel, du ska bara fokusera på att ha det bra medan vi är här. Få lite sol. Kanske bli vän med några av de andra tjejerna."

"På tal om det", sa hon, "hur gammal tror du att den där lilla ryska tjejen är?"

"Tjetjensk. Dzhokharov är tjetjen, och jag sätter pengar på att tjejen är det också. Blanda dig inte i, Jess."

"Hon kan inte vara arton!" Jess spelade inte sitt uppror.

"Låt. Bli. Att. Blanda. Dig. Vi är inte här för hennes skull."

"*Du* är inte här för hennes skull. Jag har pengar. Resurser. Om jag ville hjälpa henne..."

"Dzhokharov dödar dig utan att blinka. Fortuna kanske omprövar sina alternativ efter att konsekvenserna förklarats för honom, men Dzhokharov tänker inte på samma sätt, och han backas upp av presidenten i sitt land. Låt. Bli. Att. Blanda. Dig."

Kapitel Tio

Bara tanken på att Dzhokharov skulle kunna bestämma sig för att sudda ut Jess ur tillvaron av ren irritation – vilket var allt Mariskas förlust troligen betydde för den tjetjenske generalen – fick Pascals blod att isa sig.

"Jag vet att du är upprörd. Men du måste skaffa dig lite tjockare hud om du ska överleva i min värld. Och du vet att jag vill ha dig här."

"Jag vet. Du vet att jag har sett skit. Jag har inga problem med att du tjänar pengar på det sätt du gör. Men vid *barn* går min gräns."

Han visste att hon inte skulle låta sig övertalas. Att hon skulle försöka hitta något sätt att hjälpa Mariska, oavsett vad.

Och om de förstås lyckades ta sig därifrån, skulle Dzhokharov aldrig hitta henne för att ta sin hämnd, för Jessica Berry-Sandford fanns inte.

"När affären är i hamn", sa han, "ska jag prata med Dzhokharov. Jag kan inte lova något, men med tanke på hur han tittade på Fortunas kvinnor – kanske bryr han sig inte så mycket om Mariska. Jag ska erbjuda honom ett incitament, antyda att jag kanske har en intresserad köpare till henne. Han skulle aldrig släppa henne om han trodde att jag ville ha henne själv, men med dig i närheten är det ändå inget han skulle utgå ifrån."

"Tack", sa hon och kurade in sig mot hans bröst, stoppade in huvudet under hans haka. "Det uppskattar jag, Pascal."

Han suckade och andades in doften av hennes hår medan han sträckte sig efter lampknappen. "Vi måste bara få den här affären i hamn, Jess."

"Jag vet." Hon puffade honom i bröstet med näsan. "*Vi får den i hamn*", viskade hon.

Hon verkade somna inom några minuter, av hur andningen saktade in och hon blev lealös mot honom. Pascal däremot låg vaken i timmar, stirrade ut i mörkret och oroade sig för alla sätt det kunde gå fel på. För möjligheten till en katastrof utan motstycke om han och Jess misslyckades.

Och ja, för att arbeta med en kvinna som var helt oprövad i fält och inte ens anställd av USA:s regering.

Åtminstone trodde han inte det. Han var fortfarande inte helt på det klara med vad Hestia Global Security egentligen var, och han kunde knappast fråga henne nu.

Hon suckade i sömnen och kröp ännu närmare honom, och Pascal svor tyst när hans förrädiska kropp återigen reagerade på hennes närhet. Han hade tappat räkningen på hur många fantastiskt vackra kvinnor som hade hängt över honom under hans undercoverarbete de senaste åren, och aldrig, inte en enda gång, hade han fått en sådan fysisk reaktion som det här, helt bortom hans egen kontroll.

Han måste ha somnat någon gång, för han vaknade i det svala gryningsljuset när Jess gled ur hans armar.

"Alldeles för tidigt att gå upp", mumlade han, och hon skrattade tyst.

"Toapaus. Tillbaka om en minut."

"Mmm, okej." Han lät ögonen slutas igen och höll på att somna om när hon gled tillbaka ner i sängen och värmde kalla fötter mot hans smalben, fnissande åt hans muttrande protest.

Nästa gång han vaknade satt hon vid sminkbordet och borstade ut håret.

Han lutade sig tillbaka mot kuddarna, lade händerna bakom huvudet och bara såg på. Hon hade bytt ut pyjamasen mot en lös, kort solklänning med halterneck, och han misstänkte att hon hade bikini eller baddräkt under.

Hon kastade en blick på honom i spegeln och log. "God morgon, sömntuta."

"*Bonjour, cherie*." Han gled över i franska, något han brukade göra när han arbetade under täckmantel. Hans rollfigur hade trots allt vuxit upp i en slum i Marseille. Han måste erkänna att han var nyfiken på hur bra Jess franska egentligen var också. Han tvivlade på att hon skulle ha påstått att hon besökte Frankrike varje år om hon inte kunde backa upp det när hon sattes på prov, men uppenbarligen ägde hennes familj faktiskt inte någon skidstuga i Val d'Isère.

Eller gjorde de det? Han visste nästan ingenting om den verkliga Jessikah Hagerty, trots allt.

Hon gav honom en road blick och svarade på samma språk, frågade hur han hade sovit.

"Helt okej. Och du?"

"Alltid bra när jag är med dig." Hon avslutade borstningen, lade ifrån sig borsten och lyfte händerna för att separera slingor och fläta en komplicerad fläta som ringlade runt bakhuvudet och lämnade en ensam fläta över ena axeln.

"Hur i helvete gör du det där utan att se?" undrade han, vilket fick henne att skratta.

"Massor av träning, älskling!" Hon knöt änden med en snodd, reste sig och kom fram till sängen, lutade sig över för att stryka en kyss på hans kind. "Jag är vrålhungrig, och det finns bara snacks i kylen. Tror du att vi hittar frukost i huvudbyggnaden?"

"Utan tvekan."

"Ska jag möta dig där, då?"

"Du ska absolut inte gå någonstans utan mig", sa han med varnande ton, och hon suckade och satte sig ner i sängändan.

"Då får jag väl snällt vänta på dig, socker." Hon gled över till engelska. "Och hoppas att jag hjälpte till att väcka din aptit... efter i natt."

"Det gjorde du verkligen, ängel." Leende satte han sig upp, svängde benen över sängkanten. "Okej. Jag kommer."

"Igen?" Hennes grin var retfullt.

"Senare, din kaxiga liten räv."

Den som avlyssnade skulle aldrig kunna tro att de två var något annat än älskare helt bekväma i varandras sällskap, tänkte Pascal när han styrde stegen mot badrummet. Det kändes så lätt, så naturligt att smågnabba med Jess. Han kunde inte låta bli att tänka på hur mycket han ville göra det utan att behöva vara medveten om att vartenda ord som kom ur deras munnar avlyssnades av människor som skulle döda dem utan att blinka om de fick veta vilka han och Jess egentligen var.

"Dags att gå från snack till verkstad", viskade han till sig själv i spegeln medan han tvättade ansiktet. "Håll skärpan."

Han klädde sig i lösa bomullsbyxor i sandfärg och en vit skjorta öppen i halsen, med däcksskor på fötterna. Allt var franskt till ursprunget, liksom det mesta i hans resväska, i linje med hans täckmantel. Pascal Montalban presenterade sig som en man med enkla smakpreferenser, skoningslös i jakten på en affär. Jess passade egentligen inte riktigt in, men han satte sitt hopp till att Fortuna inte kände honom personligen och kanske inte skulle märka det, och att Dzokharov och Yoon, som båda *kände* honom, inte brydde sig tillräckligt för att kommentera.

Dessutom var Jess den sortens kvinna som kunde få vilken man som helst att ompröva sina smakriktningar och prioriteringar.

De gick ner till huvudbyggnaden tillsammans. Jess hade satt på sig sina solglasögon från Cartier och en stor slokhatt, och proklamerade högt när de gick genom poolområdet att hennes solbränna kom från en spraytan, tack så mycket, hon var inte sugen på hudcancer. Två tjejer som redan solade vid poolen gav henne båda en sned blick.

"Uppför dig, Jess", tillrättavisade Pascal. "Var kompis med de andra tjejerna. Du kommer att få tråkigt om du stöter bort dem allihop och inte har någon att prata med."

Hon suckade överdrivet, och han var säker på att hon himlade med ögonen bakom glasögonen. "Jag antar det. Eftersom du har *konfiskerat* min *telefon*. Ingen har gjort det med mig sen jag gick i prep school."

"Tjejer och deras telefoner." Dieter Breukel, holländaren, hörde hennes kommentar när de kom in i matsalen och vände sig mot dem, skakade på huvudet. "Låt mig gissa. Instagram?"

"Känner du igen mig?" Jess sträckte på sig. "Jag menar, jag är inte *super*känd. Jag har bara sex miljoner följare."

Breukels blick mot Pascal var rent ut sagt medlidsam, och Pascal slutade försöka hålla tillbaka skrattet, även om det inte var av den anledning Breukel förmodligen trodde. Jess var en jäkel till skådespelerska.

"Vad blir det till frukost?" Jess skänkte Breukel ett soligt leende och gick bort till buffén som stod uppdukad vid rummets sida. "Hoppas ni har ordentligt te. Åh, en äggkock! Har ni hollandaisesås? Jag skulle älska en eggs Benedict."

"Bländande", mumlade Breukel till Pascal när Jess svävade i väg, "men för underhållskrävande för min smak."

"Jag trodde hon skulle vara det för mig också i början, men jag tycker att hon är värd besväret", svarade Pascal.

"Är du inte rädd att hon kan uppfattas som en svag punkt för dig?"

Det var rakt på sak. Pascal vände sig om för att möta den andre mannens blick, undrade vad Breukels spel var. "Den som försöker utnyttja Jess för att komma åt mig på något sätt skulle snart upptäcka att de begått ett dödligt misstag", sa han med helt tonlös röst.

Breukel lutade huvudet, sneglade på Jess igen, rynkade pannan och sa inte mer, bara lade upp rostat bröd, bacon och grillade tomater innan han satte sig och vinkade till sig en servitör för kaffe.

Det fanns ingen annan vid frukosten förutom personalen. Jessikah gjorde en ansträngning till artigt samtal, inte pladdrade på mot Breukel utan försökte få med honom. Han svarade enstavigt på hennes försök och till slut gav hon upp och ryckte uttrycksfullt på axlarna mot Pascal. Han klappade henne tröstande på handen.

"Så var är alla andra?" frågade Jess efter att de ätit under tystnad några minuter.

"En sen kväll, skulle jag tro", sa Breukel.

"Inte du?" frågade Pascal.

"Jag lämnade festen runt två. Jag hade gärna sovit lite till, men jetlagen gjorde mig vaken strax efter gryningen." Breukels leende var stramt. "Gårdagen var en lång resdag."

"Du hör, jag vill inte höra mer gnäll om våra resinsatser", påpekade Pascal för Jess. "Vi behövde i alla fall inte komma från Europa!"

"Eller Nordkorea." Breukel sänkte rösten lite, nickade mot dörren, och Pascal såg Mr Yoon komma in i rummet, en av Fortunas tjejer klängande vid hans arm och hans tolk efter, med blicken i golvet.

"Herregud", mumlade Jessikah, "jag undrar om hon var tvungen att tolka åt honom medan han låg i sängen med den där andra tjejen? Stackars tjej, vilket skitjobb."

Breukel fnös av skratt, täckte munnen med servetten, och sneglade på Pascal. "Jag börjar förstå varför du tycker att hon är värd besväret", mumlade han. "Tjejen är rolig."

"Och smart." Pascal satte på sig ett stolt, varmt uttryck. "Även om hon kan vara lite av en bitch ibland."

"Vad var bitchigt med att tycka synd om den stackars tjejen?" sa Jess indignerat.

"Okej, okej." Han lade en hand på hennes arm i en lugnande gest. "Du kan vara snäll."

"*Väldigt* snäll." Hon gav honom en sidoblick under fransarna.

”När du vill.”

Hon sniffade och återgick till sin frukost.

Yoon och de två kvinnorna med honom satte sig i andra änden av det långa bordet, även om tolken kastade en snabb, nästan längtansfull blick åt deras håll, som om hon mycket hellre skulle sitta var som helst än med sin chef och hans nya älskarinna.

”Jag är klar”, sa Jess lågt efter en stund. ”Vad händer nu? Väntar vi bara på Mr Fortuna?”

”Jag väntar. Du går och roar dig. Lär känna de andra tjejerna, slappna av vid poolen.” Han drog in henne för en kyss. ”Vandra inte iväg.” Han underströk den sista kommentaren med en menande blick.

”Det gör jag inte. Jag lovar.” Hon kramade hans hand lätt. ”Ingen rundvandring om inte du är med mig.”

”Duktig flicka.” Han kysste henne igen och klappade henne på rumpan när hon reste sig.

Jess gav honom en låtsat förnärmad blick, men hon lade också till lite extra svaj i höfterna när hon gick därifrån, vilket fick honom att småskratta. Breukel vände sig om för att se henne gå, och till och med Yoon tog bort handen från den lokala tjejens lår och stirrade.

”Godmorgon, Mr Fortuna.” Pascal stelnade när han hörde Jess röst sväva tillbaka till dem precis utanför matsalen.

”God morgon, min kära. Sov du gott? Och jag hoppas att du tyckte om frukosten?”

”Ja på båda, tack så mycket. Och nu tänker jag njuta lite mer av din gästfrihet med ett dopp i den där vackra poolen. Njut av *din* frukost!”

Fortuna tittade över axeln när han lämnade rummet och uppskattade uppenbart baksidan av Jess när hon gick därifrån... trots att han hade en vacker tjej på var arm. När han vände sig om mötte han Pascals blick och log utan minsta ånger.

"Det finns inga lagar mot att fönstershoppa", sa han lättsamt.

"Nä. Det är bara oartigt att fingra på andras egendom när den inte är till salu", sa Pascal och lät en mild antydan till hot färga tonen.

"Åh, jag har händerna fulla redan." Fortuna skrattade lätt och gav kvinnorna på var sida om honom en kram om midjan. "Jag ser att vi nästan är fulltaliga. Bara generalen och Mr Hayworth kvar."

"Hayworth verkar vara en udda fågel." Pascal bestämde sig för att trycka lite. Det var ju naturligt att vara nyfiken. "Jag hade aldrig hört talas om honom, men Jess säger att hans pappa är någon sorts fundamentalistpredikant."

"Det verkar så", höll Fortuna med utan omsvep och slog sig ner efter att ha beordrat en av tjejerna att hämta frukost åt honom.

"Typ en domedagssekt?" frågade Breukel, uppenbart nyfiken han också. "Jag hade aldrig hört talas om honom heller", sa han när Pascal sneglade mot honom. "Och om vi ska vara ärliga; folk kommer vanligtvis inte direkt till den här delen av marknaden. Var och vad har han köpt fram till nu, och med vem?"

"Ja", instämde Pascal. "Jag känner till alla andra här till ryktet även om jag inte har träffat dem tidigare. Hayworth är ett blankt blad, och det gillar jag inte. Hur vet du att han är på riktigt och inte en plant, Fortuna?"

"På samma sätt som jag vet att ni båda är på riktigt", sa Fortuna lite kyligt. "Jag gör min hemläxa. Hayworth är en genuin köpare, och han har förmodligen mer likvida medel än någon av de köpare ni två representerar. Vilka ni noterar att jag inte pressar er att berätta om, eftersom *jag* förstår hur diskretion fungerar i vår bransch."

Pascal sänkte blicken och gjorde sitt bästa för att se milt tillrättavisad ut. Breukel gav ifrån sig ett ljud som kunde ha varit en ursäkt.

"Du och jag har inte träffats förut", sa Fortuna direkt till Pascal, "men vi har gjort affärer indirekt i åratal, och vi har gemensamma klienter, har hamnat som mellanhänder i samma affärer mer än en gång. Jag vet att du är legit, och Dieter och jag har gjort affärer direkt tillsammans tidigare. Ni får helt enkelt lita på mig."

"Tilliten sitter inte särskilt löst i den här branschen", sa Pascal, en sned ursäkt, "och vi lägger redan väldigt mycket i dina händer. Vi är på din privata ö, avskurna från all kommunikation, inget sätt för en levande själ att veta var vi är... eller vad som kunnat hända oss om vi inte dyker upp på kartan igen vid något tillfälle. För att inte tala om affärens storlek; låt oss inte lura oss själva, det här är ganska extremt även i vår bransch. Jag vet inte hur Breukel känner, men det gör *mig* jävligt nervös när det finns en person här vars närvaro inte verkar gå ihop."

Fortuna suckade. "Jag förstår var du kommer ifrån. Som du säger, det här är en rejäl affär. Villkoren är emellertid fastslagna. Alla budgivare är granskade. Uppriktigt sagt har ni tur som jag lät er två komma hit istället för att insistera på att era klienter avslöjar sig och närvarar personligen; det är bara era rykten som öppnade dörren."

"Och våra saftiga depositioner, förstås", sa Breukel tort.

"Självklart. Ni vann de inledande onlineauktionerna." Fortunas leende var slugt. "Ändå, om ni inte hade klarat mina bakgrundskontroller hade ni inte varit här. Och det hade inte Hayworth heller, så så länge ni planerar att stanna till de slutliga auktionerna vill jag inte höra mer om saken."

"Rimligt", sa Pascal till slut, med en axelryckning. "Du har förmodligen mer att förlora än jag. Och *han* har förmodligen mer att förlora än någon av oss." Han nickade mot dörren där Hayworth kom in, ensam.

"God morgon, Saul!" Fortuna gav Pascal en varnande blick innan han vinkade över Hayworth. "Var är Camila? Täckte hon inte dina behov?"

"Jodå", sa Hayworth. "Hon sover fortfarande ruset av sig. Jag kan ha varit lite tuff mot henne."

Pascal gillade inte hur det lät. Och han var definitivt glad att Jess inte var där, för hon hade troligen tänt till och stormat iväg för att kolla hur det var med Camila.

"Det krävs en riktig karl för att spöa skiten ur en kvinna i sängen", mumlade han lågt till Breukel när Hayworth gick bort för att ta från buffén. "Jävla evangelikaler. De kompenserar alltid för något."

Breukel skrattade, och Fortuna fnissade också.

"Nå." Pascal höjde rösten till normal nivå, lutade sig tillbaka i stolen med kaffekoppen i handen. "När börjar vi göra affärer?"

"Ta det lugnt och njut av dagen", gav Fortuna honom ett icke-svar. "Jag måste vänta in några pusselbitar. Jag borde få besked till i kväll."

"Fair enough. Du sa att vi skulle räkna med att vara här i några dagar. Det var ett tag sen jag hade riktig semester, och din pool ser rätt lockande ut."

"Liksom tjejerna", noterade Breukel. "Jag var för jetlaggad i går kväll, men..."

Fortuna skrattade hjärtligt och klappade honom på ryggen. "Du kommer att finna dem mycket tillmötes-gående, det lovar jag dig, min vän! Njut av min gästfrihet, och i morgon går vi över till affärerna."

Kapitel elva

Det var fem tjejer i gänget vid poolen nu, och en av dem grät och hade färska, blånande märken runt handlederna och en blåtira. Det var inte Mariska, den unga tjetjenskan. Mariska försökte trösta den gråtande tjejen, vars vågiga mörka hår och koppargyllene hy antydde att hon var härifrån.

"Herregud." Jess gick rakt fram, med indignationen bubblande inom henne. "Vem gjorde det här mot dig? Var det Dzhokharov?" frågade hon Mariska.

Den tjetjenska flickan skakade på huvudet. "Han slå inte, mycket. Skrämma på andra sätt." Hon grimaserade.

"Tillräckligt illa." Jess hukade sig framför den gråtande tjejen. "Får jag titta, älskling." Hon försökte göra rösten mjuk, trots sin ilska. "Vad heter du?"

"C-Camila", hickade den gråtande tjejen. "Det var amerikanen. Predikanten. Jag trodde... trodde att en gudfruktig man aldrig skulle..."

"De är värst av alla", muttrade en av de andra tjejerna. "Bara tomma ord."

"Det är bara blåmärken." Camila drog undan händerna när Jess försökte titta på märkena kring hennes handleder. "De går över."

"Du går nog bäst tillbaka till vår villa", sa den andra tjejen. "Baz vill inte att vi syns när vi inte ser som bäst ut."

"Ja, jag går. Lycka till, den som får amerikanen nästa." Camila snörvlade och torkade ögonen.

De andra tjejerna såg på varandra med öppen fasa.

"Kanske vi kan dra lott?" sa en av dem. Eller det var vad Jess trodde att hon sa, för hon hade pratat spanska, och Jess spanska var inte alls lika bra som hennes franska. Hon var ganska säker på att hon fattade poängen med samtalet, även om Mariska såg oförstående ut.

"Du vet att det inte är så det funkar. De pekar och vi går. Vi får bra betalt. Jag skulle inte tjäna så här mycket på sex månader hemma i Caracas. Så länge det inte blir några brutna ben, tja." Tjejen som pratade, en riktig skönhet med djupt brun hy och svart hår med mahognytoner, ryckte på axlarna. "Jag har haft blåmärken. De syns inte lika mycket på mig. Jag tar predikanten en natt. Kanske lär jag honom ett och annat."

"Lycka till med det, Soraya", sa Camila torrt, innan hon ryckte på axlarna och reste sig. "Tack", sa hon på engelska till Mariska och Jess. "Ni är snälla. Tack."

"Varsågod, gumman. Är du säker på att du klarar dig?" frågade Jess. "Om du behöver hjälp..."

"Jag klarar mig." Camila nickade och gick därifrån, långsamt och stelt.

"Vilken jävla skitstövel", muttrade Jess. "Jag klarar inte av män som slår kvinnor. Avskum."

”Du behöver inte oroa dig. Du kom med din man, du behöver inte gå med vem som än pekar”, sa Soraya, avfärdande.

”Och det betyder att jag inte ska bry mig om er andra? Det gör jag visst!” sa Jess indignerat.

Soraya krökte läppen cyniskt, men de andra tjejerna såg på Jess med små leenden och öppna blickar.

Allierade, tänkte Jess, och om tjejerna var välvilligt inställda till henne, kanske de var mindre benägna att skvallra om de såg henne göra något som annars kunde verka misstänkt.

”Hur gammal är du egentligen?” frågade hon Mariska.

”Femton”, sa Mariska, och flera av de andra tjejerna drog efter andan.

”... nästa månad”, lade Mariska till.

”*Cabronazo*”, sa en av de andra tjejerna, uppenbart äcklad.

Jess hade ingen aning om vad det betydde, men hon hade en ganska god gissning. Hon mådde mer än lite illa. *Jag är dubbelt så gammal som det här barnet. Jag måste få henne härifrån.*

Men uppdraget måste komma först. Pascal hade rätt om det. För många liv stod på spel.

Mariska verkade krympa i sig själv, blicken gled förbi Jess, och Jess vände sig om och såg Dzhokharov gå genom poolområdet med en annan tjej på armen. Han verkade inte ens se Mariska där.

”Åtminstone kan vi ge dig en paus från honom i några dagar”, sa Soraya, mycket vänligare nu, och Mariska gav henne ett litet, tacksamt leende.

”Han är inte så illa”, mumlade hon. ”Inte hårdhänt.”

Men han gillar fjortonåriga tjejer, tänkte Jess, och fick bita sig hårt i tungan.

När tjejerna slog sig ner i solsängarna runt poolen såg hon till att ta en nära Mariska, båda valde platser i skuggan – Jess hade inte skämtat om att hennes solbränna kom från en spraytan. Hon ville inte bränna sig, och Mariska, med sin ljusa europeiska hy, skulle bränna sig ännu lättare.

"Hur länge har du varit med Dzhokharov?" frågade hon lågt.

"Några månader." Mariskas min var lugn. "Min far sålde mig till honom när han passerade genom vår by och såg mig."

Jess kvävde ett ljud. "Din far... sålde dig?"

"Det är inte så ovanligt, i Tjetjenien. Min mor skulle bli arg, men hon dog för två år sen. Jag har äldre systrar, de lagar mat och städar åt min far, men jag är den vackra. Generalen ville ha mig. Han betala min far mycket pengar."

Mariska var utan tvekan vacker, inte bara söt. Lejongyllene hår med guldstrimmor, ett högkindat ansikte med spetsig liten haka och klara, gräsgröna ögon, en nätt figur och en nästan skör utstrålning.

"Min pappa är rik", sa Jess. "Så rik att om du inte vill bli hittad, så blir du inte det. Han kan köpa dig en ny identitet. När vi kommer härifrån vill jag att du hittar ett sätt att ta dig från Dzhokharov och kontakta mig."

"Varför skulle du göra det? Du känner inte mig." Mariska såg misstänksam ut.

"Jag vet att jag inte gillar män som köper fjortonåriga tjejer, och det räcker. Jag menar allvar, Mariska. Du kan få ett helt nytt liv i Amerika. Jag hjälper dig."

”Du är snäll person.” Mariskas ansikte mjuknade. ”Jag tror dig.”

”Jag har inte min telefon, och det har säkert inte du heller, men kan du komma ihåg en mejladress?” Jess rabblade en av sina många anonyma adresser och gjorde en mental notering att lägga en bevakning på den för allt inkommande som eventuellt kunde vara från Mariska.

”Jag minns.” Mariska upprepade den. ”Om han nånsin tar mig till Amerika, jag hittar ett sätt.”

”Hitta ett sätt var du än är. Jag sa ju det. Min pappa är rik. Jag kan fixa nya papper, ett nytt pass. Han skulle inte ens veta var han skulle börja leta.”

En annan kvinna kom ut till dem då, den koreanska tolken som följde med Mr Yoon. Hon stannade upp, såg på kvinnorna som låg vid poolen, såg på vattnet. En pytteliten, spenslig kvinna, klädd helt olämpligt för klimatet i en enkelt skräddad marinblå dräktkjol och en höghalsad vit blus.

”Har du ingen baddräkt?” sa Soraya med skarp ton. ”Jag skulle låna dig en, men jag tror inte den passar.” Den venezuelanska skönheten såg ner på sin magnifika barm med en nöjd min.

”Åh nej, tack”, sa den koreanska kvinnan på klippigt, accentfri engelska. ”Jag vill ändå inte se ut som en slampa.” Hon vände på klacken och gick därifrån i sina förnuftiga lågskor, och lämnade Soraya gapande och Jess med ett kvävt skratt. Slutshaming var inte trevligt, men Soraya hade börjat.

Männen började komma ut då, Pascal kom fram och satte sig på kanten av Jess solstol. Hon hälsade honom med en kyss, med halva uppmärksamheten på var de andra tog vägen. Yoon följde efter sin tolk, troligen på väg tillbaka till sin villa, men de andra männen slog sig ner. Soraya, som hållit sitt ord till Camila, reste sig från sin stol och gick bort till Hayworth, draperade sig lättjefullt över stolen bredvid honom och flirtade uppenbart hårt. Hayworth verkade nappa, blicken fastnitad vid Sorayas bröst som vällde över den röda stringbikinin.

"Så, vad är planen för idag?" mumlade Jess och vilade hakan mot Pascals axel.

"Planen är att det inte finns någon plan. Fortuna säger att några bitar inte är på plats än. Affärer i morgon, nöjen idag."

Deras blickar möttes, och Jess svalde frustrationen. Ändå, mer tid att reka, kanske lista ut var dörren in till serverrummet fanns, skulle definitivt vara välkommet.

"Låter härligt. Jag tror att jag ska ta ett dopp", sa hon. "Kommer du i?" De kunde kela och viska söta ord – åtminstone var det vad en iakttagare skulle tro att de gjorde – men inte ens den känsligaste mikrofon skulle kunna urskilja deras ord över vattnets plaskande.

"Självklart."

De klädde båda av sig ner till badkläderna och gled ner i vattnet; ingen annan gjorde dem sällskap än, de satt runtom och pratade och smuttade på juice eller kaffe... eller champagne, för Josef kom ut med en flaska och började fylla glas.

Få alla fulla tidigt och håll dem roade, tänkte Jess. *Ingen dum plan.* Förmögna, mäktiga män gillade inte att vänta. Hon anade att Fortuna var mer irriterad än han visade över att han inte kunde hålla sin första auktion än.

"Så vad har du fått reda på?" mumlade Pascal och nuddade hennes hals med läpparna.

”Hayworth gillar att misshandla kvinnor och Mariska är fjorton”, viskade hon tillbaka.

”Herrejävlar.” Pascal stelnade, tvingade sig sedan uppenbart att slappna av och frustade ut en andning. ”Jess...”

”Jag vet. Inte därför vi är här. Men det här är relevant; ingen av tjejerna hyser någon lojalitet mot Fortuna. De får bra betalt – Soraya, tjejen som pratar med Hayworth, sa att det skulle ta henne sex månader att tjäna lika mycket hemma i Caracas. Och titta på henne. En tjej så där vacker kostar överallt.”

”Hm.” Pascal nafsade Jess i örsnibben, och det gick kalla kårar längs hennes ryggrad. ”Är de alla sexarbetare?”

”Ja. Camila – tjejen som Hayworth slog – sa att om männen pekar måste de gå.”

”Så det är ingen ideologi som får dem att rapportera något de ser som avvikande.”

”Inte heller något som gör dem misstänksamma. Och Mariska avskyr uppenbart Dzhokharov; den enda kvinnan jag skulle vara orolig för är Yoons tolk. Vet vi ens hennes namn?”

”Han har definitivt inte presenterat henne. Behandlar henne som en robot. Men hon delar hans ideologi, så se upp runt henne.”

”Simmar ni två, eller står ni bara och hånglar?” Det var Breukel, holländaren, som avbröt, och som till slut gjorde dem sällskap i poolen. ”För om det är det senare, intresserade av en tredje?” Han gav Jess en sliskig blick, men märkligt nog kände hon sig inte hotad av honom.

”Pascal är mer än nog man för mig.” Jess stack in huvudet under Pascals haka och log mot Breukel. ”Kom igen. Det finns gott om vackra tjejer här som gärna håller dig sällskap.”

"Ja, men bara en av dem har fått mig att skratta hittills."
Breukel suckade, men han log och verkade inte det minsta
stött över hennes avslag. "Nåväl. Man kan inte klandra en
man för att försöka."

"Bara för att försöka igen efter att han redan har fått
nej." Pascals ton var varnande.

"Oroa dig inte för mig, Montalban. Jag vet vad *nej* be-
tyder. Till skillnad från somliga." Breukels blick i Fortunas
riktning var menande.

Det där var... intressant. Och lite oroande. Varnade
Breukel dem för att Fortuna hade sagt något om att fort-
sätta jaga efter Jess, även efter att Pascal hade sagt ifrån?
Och vad skulle Breukels motiv vara för att göra det?

Jess lutade sig tillbaka och mötte Pascals blick, och såg
sina frågor speglas där.

"Har Breukel gett några hintar om vilka hans klienter
kan vara?" frågade hon lågt, när de fick första bästa chans
efter att holländaren rört sig bort.

"Nej. Och jag börjar undra om han inte kan ha liknande
klienter som vi", mumlade Pascal.

"Som..."

"Interpol", andades han knappt fram ordet. "Men vi
kan inte veta säkert. Så sänk inte garden, för om jag har fel
är vi båda döda."

"Uppfattat."

"Och nu är det nog bäst att vi går upp ur poolen. Jag tror
du börjar bli skrynklig." Hans grin var retfull.

"Du." Hon nöp lätt i hans sida. Tja. Försökte. Han var
så muskulös och senig att hon knappt fick något lös hud
att nypa i.

Pascal bara skrattade, hans händer slöt sig om hennes
midja och lyfte upp henne. Hon hakade instinktivt benen

runt hans midja, och han bar henne till poolkanten och lyfte upp henne ur vattnet.

Jess var sannerligen ingen oskuld, och Pascal var långt ifrån den första man hon varit intim med, men när hon mötte hans bärnstensgyllene blick kunde hon ärligt talat inte minnas att hon någonsin haft en så nära kontakt med någon. Trots deras väldigt olika bakgrunder, och till och med åldersskillnaden, verkade de vara på samma våglängd. Och den dragning hon kände till honom gick inte att förneka. Impulsivt lutade hon sig ner och lät sin mun sluta sig över hans.

Hon hade halvt väntat sig att han skulle stelna till, dra sig undan, trots publiken. Det gjorde han inte. Han kysste henne tillbaka, fingrarna hårdnade om hennes midja, grep tag lätt.

Det var löjligt att hon skulle darra i hans armar som en tonårstjej som blir kysst för första gången, men hon kunde inte hindra rysningen som for längs ryggraden.

När hon klev upp ur poolen ilade en helt annan sorts rysning längs ryggen, och hon visste, utan att titta, att Baz Fortuna tittade på henne, och lät blicken girigt glida över hennes kropp. Hon tvingade sig att röra sig långsamt, nonchalant, tillbaka till sin stol och plockade upp handduken som låg över den. Varenda instinkt skrek åt henne att svepa in sig, skydda sig från hans blick, men det skulle göra honom misstänksam. I stället torkade hon sig med vardagliga, lätta klappar, slängde tillbaka handduken på stolen och draperade sig lättjefullt över den.

"Ingen telefon, så jag kan inte ens lyssna på mina låtar. Har du inte ens en skivspelare eller något, när allt nu ska vara så analogt här?" Hon krökte läppen åt Fortunas håll.

"Vi kan ordna musik." Han knäppte med fingret åt Josef, som flög upp. "Några önskemål, Jessica?"

Hon drog ner solglasögonen på näsan och kikade över dem. "Inget illa ment. Men du är rätt gammal. Tror inte att du har så mycket som matchar min musiksmak."

I ögonvrån såg hon Pascal vända bort ansiktet, uppenbart för att kväva ett skratt. Breukel fnissade, Dzhokharov skrattade högt, och Fortuna såg stött ut, även om hon märkte att han försökte dölja det. *Han har varit för länge borta från CIA*, tänkte Jess. *Han har glömt sitt pokeransikte, och han är alldeles för van vid att alla är inställsamma. Särskilt kvinnor.*

"Du vet inte din plats, kvinna. Håll tyst, annars ska din mun tystas åt dig."

Bestört vred hon på huvudet för att stirra på den som talat; Saul Hayworth, predikantens son. Kultisten. Hon var precis på väg att vara fräck mot honom också när Pascal ställde sig emellan.

"Om du pratar med henne igen, sliter jag av dig kuken med bara händerna och tvingar dig att äta upp den." Hans ton var ren ondska när han tornade upp sig över den mindre, spensligare mannen, och Hayworth kröp instinktivt tillbaka undan den fara Pascal utstrålade, innan han uppenbart mindes sin egen inbillade makt. Han öppnade munnen igen, men Pascal gick närmare och lutade sig ner så att han kom rakt upp i ansiktet på honom.

"Jag skiter fullständigt i vem du är, vem din pappa är eller hur mycket pengar du har. Hotar du min kvinna, så gör du upp med mig."

"Mina herrar." Fortuna var på fötter och rörde sig snabbt emellan dem, även om Jess noterade att han inte faktiskt rörde Pascal, bara höll upp handen mot honom och gestikulerade att han skulle backa. "Det räcker. Saul, jag tog ingen anstöt; Jess roar mig. Men jag kan inte tillåta hot mot andra gäster."

"Tillsäg honom då!" Hayworth skakade, av rädsla eller raseri eller kanske en kombination.

"Det var du som kom med första hotet", sa Fortuna milt. "Jess är också min gäst."

"En kvinna..."

"En *gäst*."

De stirrade på varandra, kort i klinch, innan Hayworth osnyggt ryckte på axlarna. "Äh, vad som helst." Han kastade dock en sned blick full av bitterhet mot Jess, och hon fick plötsligt en bottenlös känsla av att hon hade gjort läget mycket värre för vilken stackars kvinna han än valde till sin säng härnäst, hur oavsiktligt det än var. Kanske var Camila den som hade haft tur, trots allt.

Kapitel tolv

Dagen gick i en märklig blandning av leda och stadigt växande spänning. Hayworth hade trampat därifrån, mumlande att han skulle till sin villa. Fortuna pekade på Soraya och gjorde en gest efter honom; flickan reste sig med en suck och gick.

"Han gav sig på en av dina andra tjejer", sa Jess till Fortuna, uppenbart oförmögen att hålla tyst. "Jag tror inte ni betalar dem nog för att stå ut med sånt skit."

Fortuna såg eftertänksamt på henne. "Du är en modig ung kvinna, Jess. Jag ska ta det du just sa i beaktande." Han viftade med ett finger mot henne. "Men du behöver lära dig när du ska hålla tyst. I min och Pascals bransch... kommer ni att träffa många män med stora egon. Somliga tvekar inte att göra verklighet av sina hot."

Hon nickade, som om hon noga vägde det han sagt. "Jag fattar." Hon duckade med huvudet, som om hon var blyg, och lade till: "Jag blir bara förbannad när jag ser folk vara grymma utan anledning."

"Du är väldigt ung." Det lät inte som en komplimang. Fortuna nickade mot Pascal. "Det går över. Eller så gör det inte det."

Han visste vad den andre mannen menade. Antingen skulle Jess härdas nog för att överleva som en vapensmugglares flickvän, eller så skulle hon inte det, och Pascal skulle bestämma att hon inte var värd besväret.

Josef hade satt på musik som strömmade ut via högtalare på sidan av cabanan vid poolen, och Jess var klok nog att inte kommentera spellistan.

Vid lunchtid bar serveringspersonalen ut fat med mat och fler flaskor champagne, och de flesta på festen blev allt mer påstrukna. Pascal och Jess drack båda med måtta; han såg hur hon i smyg hällde ut en hel del i den frodiga palmgrönskan runt dem, oftast med hans breda rygg som skydd.

Dzhokharov blev särskilt högljudd och skrytsam, men som tur var ignorerade han Mariska till förmån för Adelie, ännu en av Fortunas vackra lokala tjejer, och till slut tog han med henne till sin villa framåt eftermiddagen.

"Vi kan smita iväg en stund också. Det kommer inte att verka konstigt", mumlade Jess i Pascals öra, och han nickade. Ingen brydde sig om dem ändå. Breukel sov i en solstol, uppenbart fortfarande jetlaggad, och Yoon och Fortuna spelade schack; avsaknaden av gemensamt språk var inget hinder i det urgamla spelet. Josef och två andra män satt vid ett bord inte långt bort, drack och pratade.

"Det börjar svalna nu. Låt oss gå en sväng på stranden innan vi duschar och byter om till middagen", föreslog Pascal i normal samtalston, och Fortuna lyfte inte ens blicken, bara höjde en hand till erkännande.

De skulle kunna prata på riktigt utan att riskera att bli avlyssnade, och Pascal kände hur spänningen började lämna honom nästan så fort de kom utom hörhåll från folket vid poolen.

”Hur klarar du det här i månader i sträck?” muttrade Jess och rullade på axlarna som om också hon kände av trycket. ”Vakta vartenda ord som kommer ur munnen?”

”Man vänjer sig. Du sköter dig utmärkt. Jag kan ärligt talat inte avgöra vad som är du och vad som är din persona. Hon är väldigt övertygande.”

”Tja.” Hon gav honom ett litet snett, trött leende. ”Hon bygger rätt mycket på mig. Några år yngre, betydligt mer skyddad, men lika benägen att säga vad hon tycker utan att tänka på konsekvenserna.”

”Det är smart. Först trodde jag att du gjorde dig för mycket synlig på Fortunas radar, men jag har ändrat mig... han har avfärdat dig som naiv och mer besvär än du är värd.”

Jess log brett. ”Det var precis målet. Efter i går kväll tyckte jag att han var lite för uppmärksam. Tänkte visa honom hur irriterande en tjej med åsikter kan vara. Han är en arrogant skitstövel. Det sista han vill ha är någon som käftar emot hela tiden.”

”Du är mer än bara hacker-smart, eller hur?” De var fullt synliga från fönstren i några av de privata villorna, så han la armen om hennes axlar och drog henne intill sig.

”Du trodde att jag var en tekniknörd utan verklig erfarenhet, va?” Hon flutterade med ögonfransarna mot honom. ”Du har inte helt fel, om jag ska vara ärlig mot dig, och jag tycker att vi måste vara ärliga mot varandra. Jag improviserar totalt, men jag har alltid litat på min magkänsla.”

"Det ska du göra." Han tvekade, men gav henne fullständig ärlighet i gengäld. "Jag tvivlade aldrig på dina tekniska färdigheter, men den här delen?" Han gestikulerade med den fria handen, visade på omgivningarna, ön, hela situationen. "Den fick mig att tveka. Men jag är imponerad. Om det inte vore mer än uppenbart att du klarar dig alldeles utmärkt som egenföretagare, skulle jag göra allt för att rekrytera dig till Byrån."

Hon kastade huvudet bakåt och skrattade, lutade sig in mot honom. "Roligt. Jag har tänkt samma sak."

"Vad?" Förbluffad stannade han. "Du... vill försöka rekrytera *mig*?"

"Vi funkar bra ihop, eller hur? Jag skulle kunna betala dig mycket bättre. Och du skulle inte behöva leva under täckmantel som du gör nu."

Han blev så paff att han inte visste vad han skulle säga, trots att Drew Murphy hade hintat om just detta när de pratade på Hestias huvudkontor för bara några dagar sedan. Till slut började han gå igen, och Jess höll jämna steg, synkade sin gång perfekt med hans.

"Det jag gör är viktigt", sa han till sist.

"Självklart är det det. Och om vi lyckas med den här— *när* vi lyckas, låt oss vara positiva—så kommer antalet liv som räddas vara bokstavligen omätligt. Men samtidigt, Pascal", hon kikade upp på honom. "Hur stora tror du våra chanser är att klara det utan att din legend bränns?"

Än en gång slog hon honom med häpnad till tystnad, för han *hade* inte tänkt på det. Han hade inte tänkt längre än till att stoppa de där kärnvapnen från att hamna i fel händer.

Jess hade dock rätt. Om de lyckades här, skulle alla köparna och Fortuna och hans män hamna i fängelse. Troligen Guantánamo; det låg nära, och CIA skulle bestämma vad de skulle göra med var och en därifrån, men åtminstone Yoon och Dzhokharov skulle nog bytas hem till sina respektive nationer i någon sorts gentjänst-affär förr snarare än senare. Och det innebar att Pascal Montalban aldrig kunde dyka upp igen, eftersom båda männen skulle veta att han borde sitta inlåst och att nyckeln kastats bort.

Förutsatt att han inte måste spränga sin legend helt för att få uppdraget i hamn ändå.

”Fan”, muttrade han lågt, när han insåg hur det skulle spela ut. Om de lyckades skulle han förstås vara en hjälte inom Byrån, men de skulle inte ha något val annat än att ta bort honom från fältet permanent. Han skulle bli befordrad till ett skrivbordsjobb.

Men… han följde tankeleden till dess logiska slut. Han skulle aldrig kunna befordras särskilt högt. Aldrig till en post med offentlig synlighet, för alltför många i undre världen kände igen hans ansikte. Yoon och Dzhokharov skulle sätta upp honom på sina respektive regeringars dödslistor om de någonsin fick veta att han inte var död eller i fängelse.

”Tänk på det”, sa Jess till sist och bröt tystnaden som lagt sig mellan dem medan han funderade. ”Erbjudandet står, närhelst du är redo, oavsett hur det blir med dina chefer när allt det här är över. Du vet var du hittar mig. Jag övertrumfar vilket bud Byrån än ger dig… och jag lovar, du kommer inte att vara fastkedjad vid ett skrivbord.”

”Jag ska tänka på det. *Om* vi tar oss igenom det här”, sa han, med en ton som varning. ”Vi har en lång väg kvar.”

”På tal om det.” Hennes obändiga leende kom tillbaka, med små gropar som blixtrade i kinderna. ”Vad säger du om att ge mig klartecken att smyga runt lite i kväll? Jag vill lista ut hur jag tar mig in i serverrummet. Din chef måste bli tokig vid det här laget, och Liane kommer att oroa sig för mig."

"Har du en plan?" Han hade själv några idéer, men han ville höra hennes. Hon var uppenbart förbannat smart, med god taktisk instinkt, och han vore dum om han inte utnyttjade hennes hjärna som den tillgång den var.

"Någon sorts avledningsmanöver. Fortuna uppmuntrar säkert en fest till i kväll—han är lat—vilket håller gästerna upptagna, men vi vill ha något som intresserar hans män också."

"Snälla säg inte att du tänker ordna en strippshow."

Hon nypte honom i armen. "Skulle inte vara till nån större nytta om det är jag som ska smyga runt, eller hur? Jag tänkte kortspel. Blackjack till att börja med. Kanske lite high stakes-poker efteråt. Även om vakterna inte blir inbjudna att spela vid borden kommer de att dras in i att titta."

"Briljant", mumlade han. "Och du..?"

"Jag spelar första delen av kvällen. Delar ut lite black-jack, kanske är lite showig. Sen säger jag att jag är trött för att du har varit upptagen med att knulla skallen ur mig, och går och lägger mig... för att direkt smita ut igen."

Han gillade det inte. "Om du blir tagen..."

"Så avsäger du dig mig." Hennes blick var klar och lugn. "Påstå att du har blivit snärjd av en honungsfälla. Gör vad du måste."

"Han kommer vilja att jag dödar dig. Det kan jag inte, Jess. Du förstår inte hur djupt vi sitter i det här."

Hon tvekade, och ryckte sedan på axlarna, med käken envist spänd. "Då får jag väl se till att inte bli tagen."

"Jess..."

”Har du en bättre plan?”

Det hade han inte, och han tyckte inte om det. Fortunas män skulle hålla ett mycket närmare öga på köparna, på *honom*, än på Jess. Otränad i spioneri som hon var, måste det ändå bli hon som gjorde detta, för när de hittade serverrummet var det hon som måste in där. Att gå två gånger, en gång för att han skulle leta reda på vägen och en gång för att hon skulle gå in, fördubblade risken.

”Okej”, sa han till sist, lågt. ”Vi gör som du vill. Men ta inga risker du inte måste, och om du blir tagen... döda den som tar dig.”

Nu var det Jess tur att stelna till av chock. ”Va?”

”Det är du eller dem. Om de tar dig på bar gärning och släpar dig inför Fortuna är du död. Jag kan inte se att du springer på mer än en eller två vakter. Ta dem på sängen så klarar du det.”

”Med *vad*?”

”Få det att se ut som att de började slåss och dödade varandra, om de är två.” Han blinkade åt blicken hon gav honom. ”Vad?”

”Hur många har du dödat, när du pratar så där nonchalant om det?”

Det var en fråga han inte ville svara på. Visste inte ens hur han skulle svara. ”Jag var Ranger innan jag någonsin gick med i Byrån”, sa han till sist. ”Vi dödar. Vi är bra på det.”

Han behövde inte fråga om hon någonsin avlossat ett skott i vrede när hon jobbade för NSA. Hon hade tillbringat sin tid där bakom en trygg datorskärm, det var uppenbart. Men han tänkte inte förolämpa henne genom att fråga om hon kunde göra det. Hon förstod insatserna nu.

"Kom." Hon tog hans hand. "Vi måste gå tillbaka och bjuda på ännu ett ljudspår av högljutt och entusiastiskt sex, och sen göra oss i ordning till middagen. Vänta bara tills du ser klänningen jag ska ha. Jag berättade om den för de andra tjejerna också, och såg en tävlingsglimt tändas i mer än ett par ögon, så de kommer att ta i från tårna de med."

"Se till att alla vakter är så distraherade som möjligt", mumlade Pascal och skakade på huvudet. "Du tänker verkligen snabbt i skarpt läge, Jess."

"Det hoppas jag." Hon log.

"Du kommer att klara det galant." Han försökte projicera en självsäkerhet han inte riktigt kände. Det skulle äta upp honom inifrån att tvingas sitta vid ett bord och spela poker medan hon smög omkring i mörkret och gjorde det verkligt viktiga i uppdraget, men det här var den del som bara hon kunde göra, och det visste han mycket väl.

Klänningen hon tog på sig var helt enkelt otrolig; ett akvagrönt, skimrande stycke silke utan rygg och med en djupt svängd urringning framtill. Han såg med ren och skär förundran hur hon använde dubbelhäftande tejp för att fästa den vid sidorna av brösten, medan hon log mot honom över axeln.

"Vadå, har du aldrig sett en kvinna tejpa fast sig i sin klänning för att inte råka blotta hela världen förut?"

"En helt ny upplevelse för mig", medgav Pascal, lutad på sängen och iakttog henne utan att försöka dölja sin fascination.

Hon skrattade och plockade upp en läpppenna. "Håll dig till mig, kompis. Jag ska öppna dina ögon för en helt ny värld av upplevelser."

"Det gör du redan. Skulle inte ha missat det här för allt i världen. Har aldrig haft så här bra utsikt."

Jess vände sig om, med läpppennan i handen, och höjde ett elegant ögonbryn mot honom. "Du säger verkligen söta saker ibland, socker. Påminner mig om varför jag slog följe med dig från början."

"Bara sakerna jag *säger*?" Han reste sig från sängen och gick fram till henne.

"Åh. Några andra saker också. Smyckena är fina." Hon fingrade på diamanten som hängde i en guldkedja vid hennes hals... en som han innerligt hoppades inte hade köpts med hans kreditkort, men det glittrade av skratt i hennes ögon.

"Vildkatta", mumlade han.

"Åh, det vet du." Hon skrattade och vände tillbaka mot spegeln, lutade sig nära för att markera läpparna. "Du kommer att vara skyldig mig åtminstone några örhängen som passar till när vi kommer hem, efter att ha tvingat mig lida utan min telefon hur länge vi nu blir fast här. Det där tennisarmbandet också."

"Du kommer att ha förtjänat båda." Han menade vartenda ord, och han skulle köpa dem åt henne själv.

Om de kom hem.

Kapitel tretton

Alla blickar vändes mot Jess när de klev in i huvudloungen, precis som hon hade planerat. Dzhokharov, uppenbart ännu fullare än han varit tidigare på eftermiddagen, visslade rått.

"Bedårande, Jess." Fortuna kom fram till henne, svepte upp hennes hand och kysste den överdrivet. "Jag uppskattar att du anstränger dig för en så liten publik... kan inte ens lägga upp det på ditt Instagramkonto!"

"Tja, om du kollade min Insta vet du att jag faktiskt inte lägger upp så många bilder på mig själv", sa Jess näpet.

"Vilket är synd, för du är verkligen väldigt fotogenisk." Fortuna log sitt gemytliga leende, det som aldrig riktigt nådde ögonen.

"Så vad är planen för ikväll?" frågade hon muntert och log mot Breukel. "Något kul, hoppas jag!"

Det räckte med en viskning om ordet *kort*, försiktigt gjort medan Fortuna pratade med Yoon och hans tolk, så hoppade Dzhokharov på det. Snart krävde tjetjenen i princip att de skulle spela, och om någon frågade honom efteråt skulle han förmodligen vara övertygad om att det var hans egen idé.

"Jag kan dela blackjack", sa Jess glatt, "vill ni att jag gör det? Har du några kortlekar liggande någonstans, Baz?"

"Jag är säker på att vi kan skaka fram några." Fortuna knäppte med fingrarna åt Josef, som försvann i några minuter och till slut kom tillbaka med tre ganska välbläddrade kortlekar. Vaktnöje, gissade Jess och tog lekarna från Josef.

"Bäst att stanna här och spela, va?" Hon började skickligt blanda lekarna tillsammans. "Det finns inget ordentligt stort bord i loungen." Och med dörren stängd kunde ingen titta genom fönstret till andra sidan av den där gränden och se henne smita in i serverrummet.

"Inget fuskande från botten av leken nu." Fortuna slog sig ner på sätet rakt mitt emot henne, med ett snett leende. "Jag håller ögonen på dig."

"Det skulle jag aldrig våga", sa hon blygt.

"Men vad spelar vi om? Jag tog inte med kontanter, och utan telefoner kan vi inte föra över tillgångar", sa Yoons tolk, stående vid sin chefs axel när han satte sig.

"Marker. Vi kommer överens i förväg om vad de är värda. Josef." Fortuna knäppte med fingrarna igen. "Hitta något. Vi spelar några övningshänder medan du gör det. Bara så att jag kan se hur Jess delar."

Den långlidande assistenten himlade faktiskt med ögonen bakom sin chefs rygg, men gav sig av igen. Han kom till slut tillbaka med några uppenbart hastigt utskrivna och utklippta papperspolletter, alla med 100 tryckt på.

"Det duger. Till att börja med." Fortuna tog bunten och mätte Josef med blicken. "Hämta fler."

"Sir."

Jess önskade att hon kunde följa efter, till där det uppenbarligen fanns en dator och skrivare, men allt hon kunde göra var att sitta där och dela kort. Bäst att vänta ändå, tröstade hon sig själv. Hon kunde knappast bryta sig in i serverrummet medan Josef var där inne och skrev ut spelpolletter!

Det var intressant att se de olika strategier männen använde i blackjack. Pascal, Fortuna och Breukel hade väldigt liknande strategier, mycket konventionella till stilen. Yoon var extremt försiktig, men mer bekant med spelet än hon kanske hade väntat sig. Hayworth var fullkomligt vårdslös, och Dzhokharov, trots sin fylla, var faktiskt en mycket skicklig spelare. Tjetjenen samlade snart på sig en rätt ansenlig hög med polletter framför sig.

Hayworth började, trogen sitt mönster, snart irritera sig över sitt dåliga spel och började muttra för sig själv att Jess måste fuska på något sätt.

”Det gör hon inte”, sa Fortuna kort. ”Tro mig, jag skulle märka det. Hon är väldigt noga med att bara dra kort från toppen av leken, och det finns då sannerligen ingenstans att gömma kort i den där outfiten.”

Det skrattades runt bordet. Jess vände ett kort framför Hayworth.

”Utan att vara oartig, Mr Hayworth, har du spelat det här spelet mycket?”

Han tvekade ett slag och skakade sedan på huvudet. ”Kan inte synas göra sånt här offentligt, förstår du.”

”Självklart”, sa hon förstående. ”Självklart kan du grundreglerna, men det finns några enkla strategier du verkligen borde förstå också. Se här... du har sjutton. Vad tycker du att du ska göra?”

”Tja, han har arton, så jag måste ta.” Hayworth pekade på Breukels kort.

Breukel fnös och sa sedan på snabb franska: ”Vilken komplett idiot.”

Pascal, Fortuna och lite överraskande även Dzhokharov skrattade, med varierande grad av ansträngning för att dölja det, vilket i Dzhokharovs fall vill säga inte alls. Jess försökte ignorera dem alla.

”Du spelar inte mot *dem*, Mr Hayworth. Det enda kortet du behöver bry dig om är det framför dealern. Vilket är en sexa, ser du? Så du är faktiskt i ett väldigt bra läge. Jag måste dra tills jag når minst sjutton, vilket betyder att det är god chans att den här handen spricker.”

”Åh.” Han stirrade på sexan framför henne, sedan på de andras händer. ”Så jag behöver inte bry mig om vad de har?”

”Inte i blackjack. Du spelar bara mot banken. Nu om de börjar spela poker senare kan du få mer bekymmer.” Hon gav honom ett milt leende. Vände upp ett kort till och gjorde en min. ”Oj då. En dam. Det sätter mig på sexton... inte många möjligheter för mig att vinna mot dig.”

Hayworth såg riktigt ivrig ut. Jess log mot honom och vände upp ännu en sexa. ”Spräckt.”

”Yes!” Hayworth slog näven i luften medan Jess sköt polletter i hans riktning.

”Låt mig hjälpa dig. Jag spelar det här spelet bra.” Soraya, skönheten som hade gått iväg med Hayworth tidigare och återvänt utan blåmärken, smög upp bakom honom och han drog upp henne i knät.

”Just det. Jag behöver en lyckobringare.”

Fortuna fångade Jess blick, lutade huvudet mot Hayworth och formade orden med läpparna så att hon inte riktigt uppfattade dem. Hon rynkade pannan, förbryllad.

"Ge honom bra kort."

Hon uppfattade orden den här gången. Hon såg ner på sina händer och tänkte snabbt. Sedan tittade hon upp på Fortuna igen och gjorde en hjälplös min. "Det går inte", formade hon med läpparna.

Att erkänna att hon kunde fuska kunde väcka hans misstankar mot henne igen, och hon ville att han skulle fortsätta se henne som en käftig, naiv typ utan så mycket verklig erfarenhet.

Fortuna gav henne ett välvilligt litet leende och nickade, accepterade svaret. Vände sig om och vinkade över Josef med fler polletter.

De spelade i ytterligare en timme, och sedan började Jess fumla lite, gäspa några gånger bakom handen. När hon tappade halva kortleken medan hon blandade och fick samla ihop dem klumpigt, sa Pascal: "Är du trött, Jess?"

"Jag är rädd för det." Hon log mot honom och sänkte ögonfransarna lite blygt. "Jag tror att du har tagit ut mig."

Det kom några grova skratt runt bordet, och hon lät en rodnad stiga i kinderna och höll blicken sänkt.

"Gå och lägg dig, ängel", sa Pascal. "Jag väcker dig när jag kommer tillbaka."

"Okej. Kanske någon av de andra tjejerna kan dela åt er. Soraya?"

"Jag kan göra det", sa den venezuelanska skönheten obekymrat. "Saul förstår bättre nu, tror jag."

"Det funkar." Han hade spelat lika försiktigt som Yoon, vilket höll både hans vinster och förluster små.

Soraya tog Jess plats, och hon stannade till vid Pascals stol för att luta sig ner och kyssa honom. Han klappade henne på rumpan.

”Skaffa dig lite skönhetssömn. Inte för att du behöver det.”

”Åh, gulle. Det där ger dig en kyss till.”

”Skaffa er ett rum”, sa Breukel godmodigt.

”Det har vi! Men Pascal har alldeles för roligt med er grabbar för att följa med mig!” Hon satte på sig en puss-mun, sedan gick hon därifrån, med extra svaj i höfterna och en blick över axeln för att försäkra sig om att Pascal tittade.

De tittade allihop, vilket hon hade väntat sig. Hon fortsatte gå, skrattade lågt.

Tio minuter senare smög hon tillbaka nerför den mörka gången hon utforskat kvällen innan, iklädd sin svarta smyga-runt-outfit, och lyssnade på skratten som kom från matsalen inte långt bort. Av snacket hon kunde uppfatta misstänkte hon att de hade gått över till poker, vilket definitivt skulle hålla dem alla upptagna och distraherade ett bra tag, och sannolikt få vakterna att titta intensivt också. Pascal måste ha knuffat dem till att byta spel, för att se till att allas uppmärksamhet verkligen var fångad.

Köket var tyst och mörkt, personalen hade för länge sedan städat undan och gått till sängs. Hon smög förbi, en skugga i mörkret, och hittade en annan dörr lite längre bort i gränden. Testade den.

”Fan.” Nåväl, hon hade kommit förberedd. Josef hade som tur var inte tittat alltför noga på hennes manikyrset, annars hade han upptäckt att verktygen i det såg lite annorlunda ut än de som finns i vilket manikyrset som helst man kan köpa i en butik.

”Tack, storasyster”, mumlade hon när låset klickade efter bara några sekunders varsamt sonderande. Liane hade lagt timmar på att coacha Jess med dyrkarna och sagt att man aldrig visste när den färdigheten kunde komma till nytta.

Hon öppnade dörren en hårsmån och väntade; rummet på andra sidan var mörkt, och efter några ögonblicks tystnad bände hon upp dörren lite till, precis så mycket att hon kunde glida igenom med kroppen.

En valvbåge på andra sidan rummet hon kommit in i ledde till en annan lounge-del, en hon inte hade sett än. Den var uppställd som en övervakningsstation, ett halvdussin monitorer uppställda på flera skrivbord i U-form, två killar som satt i mitten. Med ryggen mot henne, lutande sig intensivt mot en av monitorerna som visade pokerspelet... och kameran var fokuserad på Sorayas spektakulära byst.

Jess log för sig själv och sneglade på dörren till vänster om henne, dörren som måste leda till serverrummet med tanke på fönstrets placering ut mot gränden. Den hade ett dörrhandtag med ett lås liknande det hon just stött på, men hon hoppades att det inte var låst. Övervakningsrummet var ganska mörkt, det enda ljuset kom från bildskärmarna, men det var också tyst, och minsta ljud hon gjorde kunde få de två vakterna att vända sig om.

Hon mätte den stora soffan mellan sig och vakterna med blicken, hukade sig ner och smög bakom den mot serverrumsdörren. Hon sträckte försiktigt ut handen, lade fingertopparna på handtaget och försökte mycket långsamt, mycket varsamt vrida det.

”Skit”, formade hon med läpparna, innan hon plockade fram dyrkarna igen.

En av vakterna sa något grovt på spanska och båda skrattade högt, vilket åtminstone gav Jess chansen att skjuta in en dyrk i låset och vrida snabbt.

Det gav inte med sig, och hon svor tyst för sig själv och väntade på en ny chans. *Sakta men säkert vinner man loppet.* Lianes instruktioner snurrade i huvudet.

Javisst, men jag slår vad om att hon aldrig behövde dyrka upp ett lås bokstavligen bakom ryggen på två fulla vakter. Det stod en rad tomma ölflaskor på borden mellan monitorerna. Hon kunde fortfarande inte riskera att göra minsta ljud. Hon ville inte behöva döda dem.

Vid fjärde rundan grovt skratt klickade låset, och Jess släppte ut ett ljudlöst, lättat andetag. Hon väntade på ännu en skrattrunda innan hon snabbt smet genom dörren och stängde den tyst bakom sig.

”Nu snackar vi”, viskade hon och såg sig omkring. Det höll förstås inte hennes standard, men datorerna var moderna, och hon kunde se en rad gröna lampor på satellitmodemet. ”Kom till mamma.”

Hon stack in fingrarna innanför toppen och ner mellan brösten, och drog fram ännu en pryl ur sin trixpåse. Den mest riskabla av dem alla – ett USB-minne. Det hade kommit till ön inskruvat i metallklackarna på ett par av hennes designerskor, och hon hade innerligt hoppats att det skulle klara Josefs tester, även om hon själv hade byggt och designat det för att vara osynligt för alla skanningar som letade efter elektronik.

Hon hade kunnat göra det här utan hackmaskarna som fanns lagrade på den nyckeln. Men det gick så, så mycket snabbare med den, vilket minskade tiden hon behövde tillbringa här inne.

Servern var lösenordsskyddad, men hon var inne på under sextio sekunder, och tre minuter senare laddade Isla Fortuna Continental tyst och osynligt upp varenda datapunkt den ägde till Hestia Global Security. Och den skulle fortsätta att ladda upp varje ny datapunkt som matades in, tills Jess sa åt den att sluta.

Hon tog trettio sekunder till på sig att skriva ett väldigt snabbt meddelande till Liane, med en lista på köparnas namn och det Pascal hade berättat om den officiellt döde CIA-agenten Sebastian Maroney som återuppfunnit sig själv som Baz Fortuna. Jess kunde riktigt föreställa sig chockvågorna *det* skulle skicka genom byrån; till och med den oförskräckta biträdande direktören Spires lär tappa fattningen över den informationen.

Strax under fem minuter efter att hon gått in i serverrummet stoppade Jess tillbaka USB-minnet i behån och smög tillbaka till dörren. Hon lade örat mot den och väntade, och efter ett par minuter fräste hon tyst. Den förbannade dörren var för ljudisolerad. Hon hörde inte ett smack där ute. Hon skulle helt enkelt bli tvungen att öppna den en hårsmån och kika ut.

Illamåendet vred sig i magen, och hon kastade en blick mot fönstret och övervägde att ta den vägen, men hon skulle inte kunna stänga det bakom sig, och det riskerade att den som skötte det här rummet insåg att någon hade varit inne. Jess var säker på att de aldrig skulle lista ut vad hon hade gjort – hon var för skicklig för att lämna några spår de kunde följa – men hon ville ändå inte att de skulle bli på sin vakt.

Nej, hon måste chansa på dörren. Och komma ihåg att låsa den bakom sig, liksom ytterdörren hon hade kommit in igenom.

Hon tog ett djupt andetag, vred handtaget omärkligt långsamt och öppnade dörren precis så mycket att hon kunde kika ut.

Och mötte Mariskas förskräckta blick, som just kommit in i rummet från en annan dörr på andra sidan.

Jess stelnade till i panik. I ett par sekunder stirrade hon och Mariska bara på varandra, och sedan reste sig en av vakterna vid övervakningsbordet.

"Vad gör du här inne, kvinna?" frågade han på kraftigt bruten engelska.

"General Dzhokharov, han skicka mig för att hämta mer vodka. Baren i andra rummet, inget kvar där. Mr Fortuna säga, fler flaskor här inne. Här borta?" Mariska pekade på en annan bar.

"Ja, det finns några där." Vakten slappnade av och satte sig igen. "Ta vad du vill."

"Tack." Mariska sneglade inte åt Jess håll igen, utan gick bara till baren och började klirra högljutt med flaskor.

Vilket gav Jess den perfekta täckningen hon behövde för att tyst smita ut ur serverrummet och stänga dörren, låsa den bakom sig, och dyka ner bakom soffan igen. Hon väntade där tills Mariska hade gått, orolig att hon skulle bli sedd när hon smög genom valvbågen om vakterna vred på huvudet för att följa Mariska som gick ut genom den andra dörren.

"Söt tjej", kommenterade en av vakterna, den spanska kommentaren var enkel nog för att Jess skulle hänga med.

"För ung", grymtade den andra vakten. "Inga bröst på henne. Den blonda amerikanskan, däremot? Det är vad jag kallar en kvinna."

Jess rös till och kröp ljudlöst ut genom valvbågen in i det mörklagda yttre rummet. Hon ville inte höra vad mer de kunde tänkas säga om henne. Ville verkligen inte tänka på vad de skulle göra om de fick tag på henne.

Skulle Mariska säga något? Hade hon känt igen Jess genom den lilla springan i dörren? Allt hon borde ha kunnat se var ett öga och en bit av Jess ansikte, dessutom i skugga, men Jess hade blekare hy än någon annan kvinna på ön utom Mariska själv. Det krävdes inte mycket slutledningsförmåga för att lägga ihop ett och ett.

Det fanns absolut ingenting hon kunde göra åt det, även om Mariska hade gått raka vägen tillbaka till matsalen och sagt till Fortuna att hon sett Jess smyga runt där hon inte borde vara. Allt Jess kunde göra var att springa så snabbt och tyst hon kunde tillbaka till villan, krypa ner i sängen och låtsas att hon hade varit där hela tiden om vakterna kom stormande för att ta henne.

Hon låg i sängen och skakade av adrenalin och skräck i över en timme innan hon till slut drog slutsatsen att Mariska inte hade sagt något. Sömn undvek henne fortfarande, och hon låg fortfarande vaken och stirrade i det mörka taket när Pascal kom in vid tretiden på morgonen.

"Hej", sa hon lågt när han gled ner i sängen bredvid henne. Efter att ha sett övervakningsrummet kände hon sig nu rätt säker på att ingen lyssnade på dem i realtid åtminstone, även om det mycket väl kunde finnas inspelningar.

"Förlåt att jag väckte dig", mumlade han.

"Har inte sovit." Hon vägde sina nästa ord noga. "Såg Mariska på mina strövtåg tidigare. Hon nämnde det inte?"

Pascal blev stel bredvid henne. "Nej", sa han. "Hörde henne inte säga mer än ett ord eller två hela kvällen. Jag tror att hon försöker hålla sig borta från generalens radar, stackars liten. Han roar sig med Fortunas kvinnor och ber bara Mariska att springa ärenden åt honom. Hon är nog tacksam. Det är snällt av dig att lägga märke till henne."

Jess hoppades att han hade rätt, att hennes vänlighet mot Mariska innebar att tjetjenska flickan inte skulle säga något. Pascal rörde vid hennes arm lätt och hon rullade över på sidan och kröp intill honom, fortfarande med en ilande köld ända in i märgen från skräcken som hade gripit henne tidigare.

"Det är lugnt med dig", mumlade han mjukt och strök med sina stora händer nerför hennes rygg i en lugnande rytm. "Du gör det jättebra, Jess. Så bra. Allt okej?"

"Allt är toppen", viskade hon. "Kunde inte vara bättre."

"Ja?"

"Ja." Hon nickade mot hans axel. "Perfektion."

"Bra." Han kysste hennes panna. "Nu sover du. Affärerna börjar imorgon."

KAPITEL FJORTON

DET VAR STRAX EFTER gryningen när ett ljud väckte Pascal ur en djup sömn; något som inte passade ihop med cikadornas stilla spel och vågornas skvalp mot stranden. Jess sov fridfullt i hans armar, hennes långa gyllene hår utbrett över kudden som en sidenfläkt, och han låg kvar i flera ögonblick och bara såg på henne, oförmögen att låta bli. Han hade träffat många vackra kvinnor under åren sedan han började på Byrån, några av dem smarta, skarpa och beräknande, men han trodde inte att han någonsin hade mött någon med den häpnadsväckande kombinationen av skönhet, hjärna och medkänsla som Jess hade.

"Inte konstigt att Fortuna fått upp ögonen för dig, ängel", viskade han och kysste lätt hennes panna. "Även utan att du visar honom vem du egentligen är, är det uppenbart att du ligger i en helt annan liga än jag."

Ljudet som hade väckt honom hördes igen, och han lyfte på huvudet, ögonen smalnade. Det där var en båtmotor, och inte en lyxjakt som den som hade plockat upp dem i Puerto Rico. Det lät mer som en rostig skuta, en liten fraktbåt.

Han gled ur sängen och gick ljudlöst fram till fönstret, drog lite på gardinen. Villorna var byggda mot stranden, men i utkanten av vyn kunde han precis skymta öns enda brygga. Och de fyra männen som stod där med en stor flakvagn.

En båt dök upp då, en riktig rosthög, den sortens lilla anonymiserad trampfraktare som ingen skulle ägna en andra blick när den lade till vid en kaj någonstans i Karibien för att leverera lite förnödenheter.

Pascal var bara intresserad på grund av Fortunas uttalande om att vänta tills bitarna var på plats. Vapenhandlaren hade varit märkbart irriterad över att behöva vänta ytterligare en dag med att dra igång sin affär.

Männen på kajen fångade tamparna som kastades från den lilla fraktbåten och förtöjde, men motorerna stängdes aldrig av. En lucka öppnades, en ramp sköts på plats i nivå med kajen och flakvagnen rullades ombord.

En minut senare kom den tillbaka iland med en stor trälåda fastspänd ovanpå, som rullades bort längs kajen och försvann ur sikte.

Pascal hade gärna velat se vart de tog den, men han vågade inte öppna altandörrarna ifall någon höll utkik efter nyfikna blickar. Om han hade rätt, skulle Fortuna ändå visa upp sig senare.

Rampen drogs in på båten, tamparna lossades och trampfraktaren tuffade iväg igen, en strimma svart rök hängde kvar i den klara tidiga morgonluften i några minuter innan den skingrades.

"Hm." Var den där lådan tillräckligt stor för de tre resväskekärnvapnen? Det trodde han inte. Inte trodde han heller att Fortuna skulle lägga alla ägg i en och samma korg; den mannen litade aldrig så långt på någon. Nej, han trodde att bara ett av vapnen hade tagits in på den där fraktaren, och att de andra två förmodligen var långt härifrån, väl åtskilda och hårt bevakade, i väntan på leveransorder. Bilderna i den inledande filmen, där de tre vapnen fanns på samma plats, kunde ha tagits för månader sedan.

Det var så Pascal skulle ha gjort. Och hur mycket det än äcklade honom att tänka på det, hade han och Fortuna gått igenom samma Byråutbildning. Han önskade att han visste mer om Sebastian Maroney; hur hade Fortunas väg in i Byrån sett ut? Vad hade han för bakgrund? Vilka specialiteter? Vad hade han tilldelats för uppdrag när han arbetade för Byrån?

Att inte veta gjorde honom nervös. Han hade aldrig gått in i en situation utan att kunna göra en komplett genomgång av de personer han skulle möta, men Fortuna var ett oskrivet blad; det lilla Pascal hade grävt fram om hans bakgrund under researchen var uppenbart falskt, nu när han visste att Baz Fortuna egentligen var Sebastian Maroney. Pascal visste mer om Yoon, trots den nordkoreanska statens extrema hemlighetsmakeri, än han visste om Fortuna, och han gillade inte att han saknade sätt att få fram mer information.

Jess hade berättat vad hon tänkte göra med servern om hon fick tillgång, och det godkände han helt, för det minimerade deras möjliga exponering, men det innebar också att de inte hade något sätt att ta emot kommunikation från sina allierade på utsidan. Inte ens en enkel Google-sökning var möjlig, och han skulle ändå inte ha riskerat att skriva in Sebastian Maroneys namn i sökmotorn. Fortuna hade säkert satt upp någon form av spårning för den som var dum nog att göra något sådant.

Med en suck gick Pascal tillbaka till sängen. Det fanns inget mer att se nere vid kajen, och han hade inte fått tillräckligt med sömn än. Han behövde vara skärpt om budgivningen skulle starta i dag.

Jess kurade in sig mot honom och mumlade sömnigt: "Vad är det?"

"Ser ut som en specialleverans just kom in."

Han kände hur hon stelnade till, och hennes ögon flög upp. "Jaså?"

"Mm. Förmodligen bara mer mat eller vodka till Dzhokharov eller nåt." Han skrattade, men skakade på huvudet medan han såg in i Jess blick. "Bara en låda."

"Hm." Hon fick rösten att låta sömnig, men han såg att hennes hjärna gick på högvarv. "Då kan det inte vara något stort."

"Sov vidare. Det finns ändå inget vi kan göra."

Hon var fortfarande spänd. Han lät handen glida nerför hennes ryggrad igen, i de långa, lugnande strykningar han använt kvällen innan, och kände hur Jess reagerade nästan omedelbart, hur hennes kropp mjukt krökte sig mot hans.

Hans kropp reagerade förutsägbart.

"Förlåt", andades han mot hennes panna.

"Inte jag." Hon tippade huvudet bakåt och tryckte sin mun mot hans.

"Jess", mumlade han mot hennes läppar, "varför..."

"Snälla." Hennes fingrar slöt sig runt hans och hon drog hans hand mot sitt bröst. "Jag vill det här, Pascal. Jag måste — jag måste få tänka på något annat. Vill du...?"

"Å helvete ja." Oavsett hennes skäl så ville han. Väldigt mycket.

Det ville hon också; det gick inte att fejka ivern med vilken hon grep tag i honom, nästan slet av honom shortsen och slöt fingrarna runt hans kuk, som redan stod i givakt för henne. Samtidigt besvarade hon hans kyssar med entusiasm, flämtade in i hans mun, stönade när hans smekande fingrar sköt undan hennes silkeslena pyjamas och fann hårda, pärlande bröstvårtor.

Ett långt ben hakade över hans höft och Jess malde sig mot honom, så att han såg stjärnor när det silkeslena tyget i hennes pyjamasbyxor gled över öm, känslig hud.

Kondomer. Han hade några i necessären i badrummet; han rullade ur sängen och rusade för att hämta dem, lämnade Jess kvittrande av missnöje, även om hon skrattade när hon såg honom komma tillbaka med paketet i handen.

"Bra tänkt."

"Någon måste ju göra det. Jag är inte säker på att det här är en av dina briljantare idéer, men äh." Han ryckte på axlarna. "Jag vore galen om jag tackade nej till dig."

När han gled tillbaka ner i sängen bredvid Jess, dröjde han ett ögonblick, bara för att betrakta henne och ta in hur bedårande hon var, där hon låg med brösten bara och det gyllene håret utbrett omkring sig. Han sträckte ut handen och snodde en lock runt fingret.

"Det här är vackert. Men du vet... jag tror att jag gillade det bättre i blått."

"Gjorde du?" Hennes ögon ljusnade. "Jag ska färga tillbaka det när vi kommer hem."

"Det passar dig så. Lika unikt som du är. Det här är mer... konventionellt snyggt."

"Jag tyckte att det passade situationen."

"Det gör det." Hon skulle vara ännu mer iögonfallande med sitt blå sjöjungfruhår, men hon hade inte heller passat bilden av den typ av kvinna man förväntade sig vid Pascal Montalbans sida.

Hon var däremot precis den typ av kvinna Pascal *Montoya* ville ha vid sin sida. Blont hår eller blått.

Han försökte skjuta undan de påträngande tankarna. Han och Jess var inte ett riktigt par, och när det här uppdraget var över var det högst troligt att de inte skulle ses igen.

Om han inte tackade ja till hennes jobberbjudande, vilket var en helt annan sak som han inte fick tillåta sig att tänka på just nu.

Just nu handlade allt om den ljuvliga kvinnan i hans armar, och hans akut trängande behov av att älska med henne.

Jess lät händerna löpa över Pascals axlar och biceps, kramade lätt, testade de kraftiga musklerna. "Du har då inte låtit dig själv förfalla, eller hur?" mumlade hon.

"Gymmet minst fyra gånger i veckan", sa Pascal, "åtminstone när jag inte sitter fast på en privat ö som tydligen saknar ett. Och inte har tillräckligt med plats för att springa."

"Jag undrar hur Fortuna håller sig i form? Eller så har han ett privat gym i den där villan högst upp på ön. Den är stor nog."

"Kan vi låta bli att prata om honom just nu?" bad Pascal, och Jess skrattade.

"Mitt huvud spinner iväg. Förlåt."

"Vi får se om jag kan hålla dig fokuserad." Han gled ner i sängen, kollade med en blick om hon var okej med det. Hon nickade och stack in fingrarna i hans hår när han sänkte huvudet mot hennes bröst, slickade försiktigt över bröstvårtan, arbetade upp den till en hård, öm knopp innan han slöt läpparna om den och sög.

Jess stönade, ryggen bågade sig, fingrarna greppade hårdare i hans hår, benen kom upp och trasslade in sig i hans. Pascal gav ifrån sig ett eget stön, men höll sig till sin självutnämnda uppgift, fast besluten att inte vara självisk och söka sin egen njutning utan att först säkra Jessikahs.

Hon lät honom veta vad hon gillade, vad hon ville ha, för förstås gjorde hon det. Passivitet låg inte för henne. Hon manade honom över till det andra bröstet, och efter några minuter lade hon handen på hans huvud och gav honom en mjuk knuff nedåt.

Han tog mer än gärna hennes styrning, gled längre ner i sängen för att lägga sig mellan hennes lår och nusa mot hennes kön, smakade henne först lätt, följde med fingertoppen runt klitoris och fann henne redan våt. Hennes höfter rullade, lockade honom vidare, så han sköt in armarna under hennes lår och begravde ansiktet i henne.

Pascal visste precis vad han gjorde, och det tog bara några sekunder av hans talangfulla tunga och fingrar som arbetade med henne innan Jess ögon rullade bakåt i huvudet och hon grep tag i lakanet under sig, kroppen lyftes i båge medan hon gav upp ett ordlöst rop.

Han slutade inte, höll trycket på en perfekt nivå för att förlänga orgasmen så länge som möjligt, tills hon blev alldeles för känslig och bad honom att sluta med ljus, flämtande röst, medan hon vred ner höfterna och bort från honom.

”Behöver du en paus?” Han kysste insidan av hennes lår, arbetade sig ner mot knät. ”Jag ger dig fem minuter, sen sätter jag på den här kondomen och knullar dig tills du skriker mitt namn.”

”Jag tror att jag kanske redan skrek ditt namn”, mumlade hon, lealös, berusad av njutning, men kände redan kroppen börja vakna till igen av hans löfte.

”Jag vill höra dig skrika det högre.”

Det låga, sexiga murrandet mot hennes hud fick henne att darra när begäret rusade genom henne igen.

”Jag vill inte att du väntar fem minuter.” Hon kved det, grep tag i hans axlar och försökte dra upp honom över sig.

”Otåliga kvinna.” Han skrattade tyst och fumlade efter kondompaketet. ”Om du är säker?”

Deras blickar möttes, och hon nickade. ”Jag är säker.”

Hon visste inte vad som skulle hända sen — om det skulle bli stelt mellan dem — men just nu fanns det inget i världen hon ville mer än att älska med Pascal. Hon ryggade för ordvalet i tanken, men hon visste — åtminstone för henne var det här mer än bara sex. Mer än att stilla en klåda, mer till och med än att oundviklig sexuell spänning kokade över av närheten och stressen de levde under.

Hans händer var varsamma när han lättade isär hennes lår och knäböjde mellan dem. Hon tyckte att det var förundran i hans ögon när han såg ner på henne, och hon misstänkte att det nog fanns bävan i hennes, för han var en magnifik syn, bara kraftfulla muskler som spelade under brun hud när han sträckte sig ner mot henne.

”Jessikah.” Han andades hennes namn mot hennes läppar när han sänkte huvudet för att kyssa henne. ”Du är. *Otrolig.*”

”Å, herre… åååh.” Andetagen for ur henne i en flämtning när han gled in med toppen av kuken, tryckte varsamt. ”Woooow. Åh.”

”Är det okej?” kollade han en gång till.

”Mer än okej, våga inte sluta nu!” Hon borrade naglarna i hans axlar och försökte dra honom djupare.

”Ha inte så bråttom”, tillrättavisade han henne, men hon hörde ansträngningen i hans röst, såg den fina darrningen i hans biceps när han höll sig över henne.

”Kom igen, följ med mig!” Hon hakade benen runt hans höfter, lyfte sig från sängen och drog in honom till roten i en rörelse.

Pascal gav ifrån sig ett ljud som nästan var ett rytande, knogarna vitnade i kudden på var sida om Jess huvud. I ett ögonblick låg han stilla, djupt inne i henne, hans gyllene ögon var mörka när han såg in i hennes. Och sedan förde han ner en hand och kupade under hennes rumpa, vinklade hennes höfter precis dit han ville ha dem och *stötte*.

Det var exakt, precis det Jess ville ha. Friktionen, trycket och njutningen byggdes snabbt upp tills hon faktiskt skrek hans namn, klamrade sig desperat fast vid honom och bad om ännu en utlösning.

”Ta den”, pressade Pascal fram, och plötsligt vände han runt dem, rullade över på rygg och lyfte upp henne att sitta grensle över honom. ”Rid mig och ta det du vill ha.” Hans tumme gled in mellan dem, fann hennes klitoris och ritade cirklar över den våta, hala knoppen. ”Jag vill känna dig komma på mig.”

Den önskan skulle han få uppfylld, och jävligt snart. Jess höfter rullade, hennes lår arbetade och hon red honom i vild galopp, jagade sin andra orgasm i ursinnig takt.

"Såja. Åh, fan, det där är så skönt!" Pascals röst var ett hårt rop när Jess gled över kanten och hennes inre väggar fladdrade och kramade om hans kuk. "Ahhh... *Jess!*" Han ropade hennes namn, händerna knep hårt om hennes höfter för att hålla henne tätt intill när han bågade sig upp mot henne, ögonen fästa vid hennes ansikte. Han såg på henne med vild intensitet.

"Herregud, Pascal." Hon föll ihop över hans bröst, andades snabbt och hörde hans hjärtslag dundra under örat, även om det snabbt gick ner till ett långsamt, stadigt dunk. De var båda svettiga, klibbade mot varandra, men just då brydde hon sig inte. Hon ville bara gosa, i den euforiska efterdyningen av två spektakulära orgasmer, och känna det behagliga surret i hela kroppen.

"Verkligen." Hans varma hand strök upp och ner för hennes ryggrad i den där långsamma, lugnande gesten han gärna tog till; hon började oroväckande snabbt vänja sig, insåg Jess, och hon började verkligen tycka om att bli rörd så där av Pascal.

Hon höll på att somna där hon låg, trött och grundligt tillfredsställd, när hon kände Pascal röra sig under henne.

"Måste bli av med kondomen", mumlade han mot hennes hår, innan han försiktigt flyttade henne av sig och ner på madrassen. Hon kände en kyss tryckas mot hennes kind, och att han klev ur sängen... men när han kom tillbaka sov hon redan djupt.

KAPITEL FEMTON

ATT KRYPA IHOP IGEN med Jess i famnen, varm, mätt och naken, var en av de tystast njutbara stunderna i Pascals liv. Han kunde inte minnas att han någonsin hade känt sig så nöjd.

Det var en farlig känsla. Särskilt med tanke på vad han hade sett nere vid kajen inte ens en timme tidigare, och vad han trodde kunde hända senare idag, för Fortuna tänkte inte vänta länge innan han drog igång auktionerna.

Han behövde vila medan han kunde, men trots njutningen som hummade genom blodet låg han vaken och lyssnade till Jess mjuka andetag, tills det knackade på villans ytterdörr och Josefs röst ropade hans namn.

Pascal gled försiktigt ur sängen, ovillig att väcka Jess, och drog på sig sina shorts innan han gick till dörren.

"Dämpa dig", sa han när han öppnade dörren mitt i att Josef knackade igen. "Jess sover fortfarande och hon blir grinig om hon blir väckt innan hon är redo."

Josef bara tittade på honom. "Mr Fortuna begär er närvaro i matsalen", var allt han sa.

”Nu?”

”Om trettio minuter.”

Pascal granskade den andre mannen. Josef var inget mer än en assistent, det var uppenbart, men ändå... här fanns användbar information att få, om Pascal bara ställde rätt frågor. ”Äntligen dags för business, alltså?” frågade han och lutade sig nonchalant mot dörrkarmen. ”På tiden. Fint ställe och allt, men jag är inte direkt på semesterhumör.”

”Bara information, än så länge”, sa Josef. ”Och Mr Montalban? Låt er kvinna sova.”

Pascal smalnade med ögonen. ”Vågar slå vad om att Yoon inte har fått höra det”, sa han trotsigt.

”Mr Yoons tolk krävs.” Josef gav honom en uppgivet trött blick. ”Er kvinnas vassa käft gör det inte.”

Det där var en åsikt Josef inte hade vågat uttrycka om han inte varit helt säker på att hans arbetsgivare delade den, vilket betydde att Fortuna privat hade uttryckt ogillande över Jess frispråkighet. Vilket faktiskt var en smula lugnande; Pascal trodde inte att Fortuna skulle fortsätta stöta på Jess nu när han hade insett att hon inte var en söt, inställsam prydnad.

Det betydde förstås inte att Jess var utom fara. Fortuna var knappast den enda mannen på ön som tyckte att hon var attraktiv, och varenda en av dem var amoraliska svin som absolut skulle våldta henne om han trodde att han kunde komma undan med det. Pascal hoppades att de var alltför försiktiga med honom för att våga, men ingenting var givet när man hade att göra med män som levde långt utanför lagen – eller i alla fall inte erkände någon legal auktoritet.

”Jag kommer”, sa han och slog igen dörren i Josefs ansikte.

”Vem var det?” Jess satt upp i sängen, håret föll i lockar runt henne, och han dröjde en sekund för att beundra hur sexig hon såg ut, sömnrufsad, med det vita lakanet knappt över brösten.

”Josef. Verkar som att det äntligen börjar hända saker. Jag måste gå och möta Fortuna i matsalen.”

”Jaså?”

Hon kokade uppenbart av frågor hon inte kunde ställa. Han log mot henne medan han gick mot badrummet, men höll rösten jämn och neutral.

”Tyvärr, du är inte bjuden. Det här är den affärsmässiga delen av resan, Jess. *Min* business. Gå och lägg dig vid poolen med de andra tjejerna. Eller stanna här så skickar jag någon med något att äta om du är hungrig.”

”Om ni ska mötas i matsalen finns det väl något vid poolen också. Jag *är* hungrig”, sa hon, som om hon tänkte högt.

Han fattade. Att sitta ensam i villan och vänta på att han skulle komma tillbaka vore rena tortyren för henne, precis som det skulle vara för honom om rollerna var ombytta.

”Gå du. Ha det bra. Du skaffade ju några vänner igår, hm?”

”Socker.” Hon injicerade förakt i tonen, även om uttrycket definitivt inte matchade det hon sa, och han visste att hon spelade teater för osedda öron. ”Förväntar du dig att jag ska bli vän med de där tjejerna? De är sexarbetare. Förutom Mariska, som bokstavligen är ett minderårigt trafickingoffer. Jag tycker synd om henne – om dem allihop, ärligt talat – men jag tror inte att vi någonsin kommer att bli *vänner*.”

”Var inte spydig. Det klär dig inte.” Han blinkade åt henne, för att visa att han visste att det inte var hennes egentliga känslor hon gav uttryck för.

”Du har inte sett mig i min Catwoman-dräkt i läder. Jag är *fantastisk*.” Hon log tillbaka mot honom.

”Jag... kan faktiskt föreställa mig det alltför väl!” Han behövde in i duschen och ut ur villan innan han blev distraherad igen. Han stängde badrumsdörren och slog på duschen, och kvävde bestämt impulsen att be Jess komma in och dela det varma vattnet.

”Så trevligt att du gör oss sällskap”, sa Fortuna en aning sarkastiskt när Pascal klev in i matsalen.

Pascal såg sig omkring med höjda ögonbryn. ”Är jag sen? Jag ser inte Mr Hayworth. Kommer han inte?”

”Jag är här”, fräste väckelsepredikanten och steg in i rummet bakom Pascal, även om han avstod från att knuffa Pascal ur vägen. ”Vad är så himla viktigt att du var tvungen att slita upp mig ur sängen? Jag var *upptagen*.”

”Jag hoppas att ni inte har låtit det dåliga humöret gå ut över fler av mina tjejer, Mr Hayworth.” Fortuna gav honom en blick av obehindrat ogillande. ”Jag vill inte se dem blåslagna.”

”De är bara horor.” Hayworth ryckte på axlarna. ”Betala dem mer.”

”Ni vet väl att prostituerade som låter er slå dem brukar säga det i förväg och tar betalt därefter?” sa Pascal, äcklad. ”*Ni* bestämmer inte om det står på menyn eller inte.”

Hayworth blängde på honom.

Helt orädd blängde Pascal tillbaka. "Måste visa hur stor karl ni är genom att ge er på kvinnor, eller hur?" sa han föraktfullt.

"Lugnt, Montalban." Dzokharov lade en hand på hans arm, men varsamt, och kom från sidan. "Vi behöver inte slåss sinsemellan."

"Han är inte en av oss, och jag gillar inte att han är här." Pascal tog medvetet upp frågan han hade väckt med Fortuna och Breukel vid frukosten igår. Han hade lagt lång tid på att bygga sin karaktärs rykte; för Pascal Montalban var tillit allt. Han föredrog att göra affärer direkt, med folk med upparbetat rykte om ärliga affärer, och det låg helt i linje med hans roll att bli antagonistisk mot någon som Saul Hayworth, en total outsider i vapenhandlarvärlden och dessutom ohyfsad.

"Nå, det finns ett alternativ för dig att lämna idag", sa Fortuna muntert.

"Jag trodde att vi skulle vara här under hela försäljningen?" Pascal vände sig mot honom som en varg. "Så att det inte fanns någon risk att någon åkte iväg och avslöjade vad som pågår här?"

"Lugna dig." Fortuna gjorde en lugnande gest. "Ni har alla varit väldigt tålmodiga", sa han till sin väntande publik, "och bitarna är nu på plats, så det är dags för mig att klargöra villkoren för auktionerna. Om ni vill följa med?"

De släntrade efter honom, tillbaka ut i lobbyn, genom en dörr bakom den före detta receptionen, och in i ett stort kontorsutrymme, helt tomt förutom två män som stod på varsin sida om en tung dörr. Det var de första synligt beväpnade vakterna Pascal hade sett på ön; även om han var rätt säker på att Fortuna bar vapen, och sannolikt Josef och hans andra medhjälpare också, hade de sina vapen dolda. De här vakterna höll däremot AR-15:or.

Fortuna drog en nyckel på en kedja från halsen och använde den för att låsa upp dörren, och öppnade den för att visa vad som sannolikt en gång hade varit hotellets säkerhetsvalv.

Nu var det enda som fanns där inne lådan som Pascal hade sett lastas av den lilla trampskutan tidigare, locket uppbrutet för att visa innehållet.

En av de hårdskalade resväskorna som innehöll kärnvapnen.

"Bara en?" sa tolken, efter att Mr Yoon pratat snabbt på koreanska. "Var är de andra två?"

"Helt säkra, det försäkrar jag er. Försiktighetsåtgärder, förstår ni; jag behövde påtryckningsmedel ifall någon av er i själva verket var en infiltratör och vi alla blev haffade av USA:s regering." Fortuna log stolt mot kärnvapnet. "Jag skulle ha bytt dem mot min frihet."

"Och lämnat oss att ruttna", muttrade Breukel, med en sidoblick på Pascal och en sned grimas.

"Bara affärer, min vän. Bara affärer." Fortuna gjorde en storartad gest mot resväskan. "Så. Om någon vill inspektera varan? Jag har en geigermätare här, och såvitt jag förstår har Dr Choe en doktorsexamen i kärnfysik."

Pascal kände hur ögonen vidgades av häpnad, och han var inte den ende som vände sig om och gav den pyttelilla nordkoreanska tolken en hård blick.

"*Hon* är köparen?" sa Hayworth misstroget.

"Nej, Mr Yoon är köparen. Ni erbjöds alla möjligheten att ta med en följeslagare, som ni kanske minns. Jag specificerade inte vilka kvalifikationer som eventuellt kunde diskvalificera dem." Fortuna flinade, och det var definitivt riktat mot Hayworth. "Om ni underskattade Dr Choe på grund av hennes kön, ligger det helt på er."

"Jag är nöjd med att gå på hennes ord", sa Breukel, och Pascal nickade instämmande.

"Jag med. Om apparaten inte är bra, utgår jag från att ni kommer att råda Mr Yoon att inte bjuda?" Han vände sig direkt till den nätta tolken, och hon nickade.

"Korrekt, Mr Montalban."

"Men jag skulle vilja iaktta på nära håll, om ni inte har något emot det", tillade Pascal.

"Som ni vill."

"Gör som ni vill. Jag stannar här ute. Jag har varit i Tjernobyl", grymtade Dzokharov. "Behöver inte mer strålning i benen."

Hayworth tvekade också och blev kvar utanför rummet med tjetjenen, Yoon och Fortunas män. Fortuna själv gick in tillsammans med Pascal, Breukel och Dr Choe.

"Kombinationen?" bad Dr Choe, och Fortuna fiskade upp ett kort ur fickan och räckte över det.

Pascal såg på när Dr Choe öppnade väskan och började inspektera apparaten där inne. Hon verkade arbeta efter en mental checklista, metodiskt arbetade hon sig runt det komplicerade myllret av känslig elektronik.

Pascal visste tillräckligt för att vara rätt säker på att han såg på ett äkta portabelt kärnvapen. Det saknades några delar – en tändanordning, till exempel; det verkade inte finnas något sätt att få den att detonera, vilket i nuläget var klart lugnande.

"Tändaren?" frågade Choe då, vilket bekräftade Pascals slutsats.

"Medföljer inte. Vi vill väl inte ha några oavsiktliga detonationer, eller hur? Jag är säker på att någon med er expertis inte skulle ha några svårigheter att ordna en egen, men vid behov kan jag tillhandahålla dem. Mot en liten extra kostnad, förstås."

"Självklart", ekade Pascal torrt.

Dr Choe avslutade sin inspektion och backade med en nick. "Ett imponerande ingenjörsarbete." Det brann en ivrig glimt i hennes ögon, och Pascal kunde se att hon dog av lust att plocka isär apparaten mer, ta reda på varje liten del som fick den att fungera. Ta reda på hur man duplicerar den.

Och det var något han absolut inte fick tillåta.

Yoon ropade något utanför rummet, och Choe svarade på sitt eget språk, innan hon talade igen på engelska. "Ja. Apparatens skick är gott. Jag rekommenderar köp."

"Tack." Pascal böjde artigt på huvudet mot henne, och med en sista dröjande blick på apparaten lämnade Choe rummet för att tala vidare med sin chef.

"Så när börjar vi auktionen?" frågade Breukel när Fortuna stängde väskan igen.

"I eftermiddag. Den första auktionen, alltså." Fortuna gestikulerade åt dem att gå ut ur valvet före honom, stängde dörren efter dem och låste den igen. Han vände sig mot gruppen av köpare och sa: "Och här berättar jag resten av villkoren för den här försäljningen."

De såg alla på honom under tystnad och väntade. Fortuna njöt uppenbart, stod och spelade teater inför sina beväpnade vakter, struttade fram och tillbaka och flinade.

"Jag kommer att hålla tre auktioner. Vid varje auktion får ni varsin elektronisk platta och möjlighet att lägga ett bud. När alla bud är inne får ni en siffra, från 1 till 5, som talar om var ni ligger i budgivningen. Ni får två ytterligare tillfällen att bjuda. Den som ligger etta i slutet av auktionen deklareras som vinnare och, när överföringen av medel har slutförts, lämnar ön omedelbart. Ert köp levereras till den plats ni anger var som helst på jorden inom 72 timmar."

"Vänta." Det var Breukel som talade. "Säger du att vinnaren av den första auktionen måste lämna omedelbart efteråt? Inte stanna till den andra och tredje?"

"Det stämmer."

"Men min klient vill köpa alla tre enheterna!"

Fortuna log sitt hajleende, med vaksamma ögon. "Jag tycker inte det vore rättvist att låta en köpare lägga beslag på alla enheter. Ni är fem. Bara tre enheter. På det här sättet blir det bara två av er som blir utan... och jag har hellre bara två som är förbannade på mig än fyra."

"Det där borde du ha berättat för oss innan vi kom", sa Breukel argt.

"Är det allt eller inget för din klient, alltså? I videon där jag presenterade affären sa jag tydligt att ni skulle få tre tillfällen att bjuda på *en* av enheterna. Det är inte mitt problem om din klient gjorde antaganden. Drar du dig ur försäljningen helt? Jag har en reservköpare som gärna kliver in om någon hoppar av, men då måste jag skjuta upp den första auktionen tills de hinner hit... och förstås, av redan nämnda skäl, skulle du inte kunna lämna förrän alla tre auktionerna är avslutade, Mr Breukel."

Breukel såg irriterad ut, men ryckte till slut på axlarna. "Jag fick i uppdrag att köpa alla tre vapnen om möjligt, men jag är säker på att min klient håller med om att ett är bättre än inget. Nej, jag är kvar."

"Utmärkt. Alla andra kvar?" Fortuna stämde av med var och en, och en efter en nickade de sitt medgivande. "Då börjar vi i eftermiddag. Lunchen är klar nu; vi ses igen klockan två och startar den första auktionen."

”När blir den andra och tredje?” frågade Pascal när de andra började driva mot dörren.

”Var 48:e timme, tror jag. Det ger mig tid att ordna leveranserna efter varje. Under tiden kan ni njuta av min gästfrihet... och kanske ompröva era budgetar om ni inte är nära det vinnande budet. Inte för att jag kommer att avslöja vad vinnarbuden är, förstås.” Han flinade.

”Jag skulle vilja rådgöra med min klient”, sa Breukel när de alla återvände till matsalen, där en stor buffé höll på att dukas upp.

”Nej”, var Fortunas enda svar. ”Jag gjorde klart att det inte blir någon kommunikation med omvärlden förrän försäljningen är avslutad, med undantag för att ordna betalningsöverföringar när priset väl är överenskommet. Jag kan inte göra undantag, Dieter. Du förstår. Du får helt enkelt använda ditt professionella omdöme.”

Breukel såg extremt irriterad ut, och Pascal visste precis hur det kändes. Att sprida ut auktionerna på det här sättet satte rejäl käpp i hjulen. Han var tvungen att se till att han inte av misstag bjöd för högt och köpte någon av de två första enheterna, för han behövde veta vilka som köpte dem alla. Men han måste också lita på att Jess mask i datorerna gjorde sitt jobb och skulle snappa upp och vidarebefordra tillräckligt med information för att CIA skulle kunna vara i position att stoppa de två första innan de levererades till köparna. För annars skulle de inte ta sig av ön i tid för att föra vidare det de visste till byrån innan åtminstone den första enheten levererades.

Jess kom då dansande in med de andra tjejerna i släptåg, uppenbart kallade av en av Fortunas hantlangare för att komma till lunch.

”Hej, älskling, jag är utsvulten, det fanns inget att äta vid poolen.” Hon studsade fram och gav honom en kyss. ”Fick du affärerna avklarade?”

”Första delen. Det blir allvar i eftermiddag, och vi kan vara härifrån redan ikväll.”

”Jaså?” Hon höjde på ögonbrynen mot honom.

”Första av tre auktioner äger rum idag. Vinnaren lämnar direkt efteråt.”

”Oj.” Hon blinkade. ”Jag trodde att du ville köpa alla tre?”

”Ja, tydligen var jag inte den enda med de planerna. Breukel vill också ha alla tre, men Fortuna har satt reglerna. Inte mer än en per köpare.”

De talade lågt, men gjorde ingen ansträngning att dölja att de pratade affärer. Ingen ägnade dem så mycket som en andra blick; alla var inställda på att ta något att äta och sätta sig.

”När blir de andra auktionerna?” frågade Jess, medan hon lade upp lite sallad på sin tallrik.

”Varannan dag.” Pascal kastade en blick mot det nordkoreanska paret, som pratade på sitt eget språk på andra sidan bordet. ”Det visar sig att Yoons tolk inte bara är tolk. Hon är kärnfysiker. *Doktor* Choe.”

”Wow. Det höll de tyst om.” Jess skakade på huvudet. ”Inte för att hon har öppnat munnen mer än för att översätta. Hon kallade i princip Soraya för hora igår. Vill uppenbarligen inte umgås med oss tjejer.”

”Kom väl till pass, ändå. Hon kunde bedöma varan bättre än jag kanske hade kunnat.”

”Och det är vad du hoppades på?”

”Det verkar sannerligen så. Hoppas bara att min klients budget räcker till.”

”Det lär vi snart få veta.”

Kapitel sexton

Jess hade helt väntat sig att bli utskickad med de andra tjejerna när det var dags för auktionen att börja, men Fortuna verkade vilja ha en större publik. Han gick fram och tillbaka och gjorde en stor show av att dela ut fem surfplattor; Jess klagade i fingrarna efter att få tag i en, men tvingade sig att sitta still och nöja sig med att kika på Pascals skärm. Han var omtänksam nog att så där nonchalant hålla den i en vinkel som gjorde det lätt för henne att se.

Det verkade bara finnas en app installerad, en enkel specialgrej som, när den öppnades, inte erbjöd mer än ett numeriskt tangentbord, en Delete-tangent och en Enter-tangent.

”Ni har två minuter på er att skriva in er startbud och trycka på Enter-tangenten”, meddelade Fortuna. ”Alla bud ska läggas i US-dollarbelopp, även om ni förstås kommer att erbjudas möjlighet att göra upp i valfri stabil valuta eller kryptovaluta om ni blir högstbjudande. I slutet av de två minuterna visas er placering i auktionen, och ni får möjlighet att bjuda två gånger till.”

”Får vi veta vad högsta budet ligger på?” frågade Dzhokharov.

”Inte om inte toppbudgivaren väljer att berätta det.” Fortuna log snett. ”Börja skriva, mina herrar. Era två minuter börjar nu.” Han lyfte sin egen surfplatta och gjorde stor affär av att knacka på skärmen.

Omedelbart dök en timer upp längst ner på Pascals skärm och började räkna ned.

Jess slösade inte tid på att titta på vad Pascal skrev. Han hade sin egen strategi för det här, det var hon säker på, antagligen dikterad av CIA, även om beskedet att han måste förlora de två första auktionerna med flit nog orsakade honom en del ångest. Han skulle behöva räkna om i stunden, räkna ut hur mycket som var lagom att bjuda för att förlora, men inte med för stor marginal.

I stället iakttog Jess de andra budgivarna. Yoon och doktor Choe satt med hopböjda huvuden; Choe pekade för sin chef vilka siffror han skulle trycka in för att lägga deras bud. Breukel verkade uppskakad, skrev och raderade, kastade blickar omkring sig på de andra köparna. Hayworth såg uttråkad ut. Han hade uppenbart redan lagt sitt bud och satt nu och tittade på tjejerna som samlats vid baren. Dzhokharov skrev med pekfingret, mödosamt, uppenbart med åtminstone en eller två feltryckningar eftersom han klickade med tungan och pekade på skärmen igen.

En låg signalton ljöd från alla surfplattorna samtidigt när nedräkningen nådde noll, skärmarna blev svarta ett ögonblick och tändes sedan igen med en enda stor röd siffra.

Jess kunde bara se Pascals skärm. Och siffran 4 på den.

Pascal spetsade munnen men sa ingenting. Jess tittade bort igen och kollade in alla andra. Ingen såg nöjd ut förutom Fortuna, som antagligen kunde se alla buden på sin surfplatta, och som inte lyckades dölja ett belåtet flin.

Minst ett av buden föll honom i smaken, alltså. Jess försökte gissa vem, men alla bar sin bästa pokermask.

Utom Hayworth, som inte hade någon pokermask, och som fortfarande såg uttråkad ut... men nu med en portion självgodhet.

"Andra rundan", sa Fortuna. "Lägg era bud."

Den här gången ändrades Pascals siffra till en 3. Hayworth såg ännu självgodare ut, och Breukel, tyckte Jess, sprack i fogarna. Han hade blivit lite blek och var spänd kring munnen.

"Om det där är det bästa er klient har, Dieter, så vet jag inte hur de tänkte köpa alla tre enheterna", sa Fortuna i en inte särskilt mild passning.

"Det här är en aldrig tidigare skådad situation, eller hur? Man kan inte precis googla efter hur mycket man ska betala för ett portföljkärnvapen", snäste Breukel tillbaka.

"Jag menar, det *kan* du", mumlade Jess. "Du måste bara vara beredd på att NSA tittar på varje tangenttryckning du gör för all framtid."

Det borde hon veta. Hon hade skrivit en del av mjukvaran som såg till att ingen ens kunde söka på Dark Web efter sånt där utan att NSA kände till det.

Fortuna kallade till sista budrundan. Pascal skrev in sitt bud snabbt, och anslöt sig sedan till Jess med att se sig omkring och bedöma rummet.

"Jag tror att Hayworth tar det här", andades Jess mycket mjukt, bara för Pascals öron. "Jag tror att han blåste er andra ur vattnet från början."

Signaltonen ljöd för sista gången, och Hayworth hoppade upp, pumpade näven i triumf. "Ja!"

"Gratulerar, Mr Hayworth." Fortuna såg nöjd ut med resultatet när han klev fram för att skaka predikantens hand. "Det verkar som att resten av er får höja nivån, mina herrar", noterade han. "Om ni vill stiga på här, Mr Hayworth? Vi går och ordnar överföringarna, så kan ni snart vara på väg."

Rummet var tyst ett kort ögonblick, och sedan stapplade Dzokharov upp på fötter och svor på sitt eget språk. Han gick mot dörren men stoppades av Josef.

"Surfplattan, tack." Josef höll fram handen.

Dzokharov tvekade ett ögonblick, men tryckte sedan surfplattan i händerna på Josef och stormade ut. Ungefär tio sekunder senare strök han in igen. "Mariska!" röt han.

Den tjetjenska flickan flög upp från där hon suttit tyst, nästan sprang till Dzokharov, med ansiktet blekt av skräck.

"Fan", mumlade Jess mellan tänderna. Dzokharov var arg, han skulle låta det gå ut över Mariska, och det fanns absolut ingenting Jess eller Pascal kunde göra åt saken. Hon utbytte en bekymrad blick med Pascal.

Josef gick runt för att samla in surfplattorna; Jess tillät sig en kort, längtansfull blick när Pascal räckte över sin. Operativsystemet verkade vara rootat, men hon var säker på att hon hade kunnat få ut något ur den. Hon fick helt enkelt lita på att masken hon installerat gjorde sitt jobb, och att Fortuna rimligen skulle använda datorerna för att skicka instruktioner om transport av en av de andra enheterna till den plats Hayworth angett. För att inte tala om vilken metod Hayworth använde för att överföra betalningen, vilket i sig skulle vara ett intressant spår att följa.

"Vad var ditt slutbud?" frågade Jess lågt när hon och Pascal långsamt strosade tillbaka mot sin villa.

”Sexton komma två miljoner, och jag slutade trea”, mumlade han tyst tillbaka.

”Här är något jag inte förstår. Varför är Dzokharov här och bjuder? Jag trodde att tjetjenerna hade tillgång till den ryska kärnvapenarsenalen och att de hade portföljkärnvapen?”

”Ja och nej. Tjetjenerna har tillgång. Men ryssarna hade aldrig något som var bärbart av en enda person som de här. Du skulle behöva en SUV för att flytta dem de har. Den här ligger bokstavligen i en rullväska.”

”Var fick Fortuna tag på dem då?” Jess kunde inte begripa det. ”Är de amerikanska?”

”Nej.” Pascal tvekade ett ögonblick. ”Jag är rätt säker på att de är israeliska.”

Han visste mer, men kunde inte berätta för henne just nu, det var uppenbart. Jess kunde göra en hyfsad gissning; Pascal hade nämnt tillbaka på hennes kontor i Anaheim att han varit på spåren efter de här enheterna ett tag, så israelerna hade sannolikt bett USA om hjälp när de insåg att de tappat bort tre av sina vapen. Men hon mindes också att både Pascal och hans chef, DDO Spires, verkade tagna på sängen när Fortuna avslöjade att han hade tre enheter, inte en, så mycket möjligt hade israelerna inte varit helt ärliga om hur stort deras problem var.

Vilket inte heller förvånade Jess, men det oroade henne, för tänk om det fanns fler än de här tre enheterna ute på svarta marknaden? Tänk om Fortuna inte var den enda som fått tag på dem?

Hon kunde knappt vänta på att få komma härifrån, så att hon kunde komma tillbaka till sina datorer och djupdyka i Dark Web, för att försöka spåra svaren på de där frågorna.

Just nu måste hon däremot fortsätta spela sin roll, särskilt som de precis klev in i sin villa och sannolikt återigen kom inom räckhåll för ljudavlyssning.

"Jag undrar vad Hayworth betalade", funderade hon högt. "Och om och var han planerar att spränga den!"

"Jag hade aldrig hört talas om honom förut, men du vet uppenbarligen vem han är. Berätta om honom", uppmanade Pascal, lade sig på sängen och drog henne intill sig så att hon lade sig bredvid.

Det här var ett helt legitimt samtal för dem att ha; Jess var ändå tvungen att tänka på sina svar, eftersom hon visste några saker om familjen Hayworth som kanske inte var allmänt kända, bland annat att gamle Hayworth hade varit medlem i Ku Klux Klan innan han gick mainstream och grundade sin kyrka. Familjen Hayworth var väldigt noga med att hålla det där på låg nivå.

"Tja", började hon försiktigt, "det är hans pappa som är den verkliga stjärnan. Han startade en egen kyrka nere i ... jag tror Tennessee, men det kan ha varit någonstans i Carolinas, på åttiotalet. Byggde upp en enorm följarskara. Han är en sån där predikant du hör talas om som talar om för sin församling att han behöver ett privatjet så att han kan leverera Guds ord till de gudlösa hedningarna i Las Vegas, och så köper de det åt honom."

"Och Hayworth senior styr fortfarande kyrkan?"

"Jadå. Han har profilerat sig som någon sorts modern tids profet. Jag har sett klipp på honom när han predikar och han är en sabla talare, karisma så det räcker och blir över. Men det är bara synd och svavel, du vet typen."

"Inte så mycket", sa Pascal, "evangelikalism är inte så stor i Europa. Det verkar vara en särpräglat amerikansk grej, i alla fall den kristna varianten. Tankesättet är lika främmande för mig som muslimsk extremism."

"Samma här, om jag ska vara ärlig!" Jess tuggade på underläppen. "Jag är allvarligt oroad, Pascal. Tänker familjen Hayworth verkligen använda det där vapnet? Jag har hört en del av det Joshua Hayworth säger om regeringen. Tänk om han bestämmer sig för att smälla av en kärnladdning utanför kongressen eller något?"

Det fanns öppen fasa i deras uttryck när de såg på varandra, men Pascals röst lät lugnt ointresserad. "Krig och oro är bra för affärerna, ängel. Det är inte som att någon av oss bor i DC. Du tillbringar ju för det mesta tiden i Europa med mig numera."

"Du är så okänslig!" Hon surade mot honom. "Vad sägs om mamma och pappa?"

"De bor inte i DC heller. Och din pappa är tillräckligt rik för att även om Amerika går åt helvete så kan han få ut dem därifrån."

Hans uttryck var urskuldande; hon nickade för att visa att hon förstod att han bara spelade den nödvändiga rollen. Att han i själva verket var lika orolig över vad Hayworth kunde planera som hon var.

De fick bara hoppas att Jess mask vidarebefordrade den nödvändiga informationen och att Hestia och CIA tillsammans skulle kunna agera på den och stoppa vapnet före leverans, för det var troligt att Pascal och Jess fortfarande skulle sitta fast på Isla Fortuna utan kontakt med omvärlden vid den tiden.

”*Hayworth*?” Biträdande direktör Spires stirrade på datorskärmen och på bilden av Liane Hagerty som såg tillbaka på henne. ”Som i *Joshua* Hayworth? Tevevangelisten?”

”Hans son Saul, verkar det som. Vi tog en titt när informationen kom att Saul var på auktionen, och kyrkans konton för de senaste månaderna gör mycket intressant läsning. Massor av pengar som investeras i kryptovalutor, och blockkedjeböckerna har plötsligt börjat visa stora transaktioner från kyrkans plånböcker till plånböcker kontrollerade av en okänd part – Fortuna, förmodar vi.”

”Så Hayworth vann auktionen”, muttrade Spires. ”Hur mycket?”

”Bästa gissning, utifrån de transaktioner vi ser? Hundra miljoner.”

”Heliga Guds moder.”

”Jag tror inte att det finns mycket heligt i vad familjen Hayworth kan planera”, sa Liane dystert.

”Vad mer har du åt mig?”

”En plats. Det är en ranch i West Virginia; ägd av ett brevlådeföretag som vi ännu inte har spårat tillbaka till familjen Hayworth eller kyrkan, men jag skulle inte satsa emot det. Fortuna skickade ut instruktioner om att en av enheterna ska levereras dit.”

”*En* av enheterna?” Spires stelnade mitt i rörelsen. ”Köpte inte Hayworth alla tre?”

”Om han gjorde det, verkar instruktionerna ändå vara att bara leverera en till ranchen.”

”Nåväl.” Spires knackade med en manikyrerad nagel på underläppen. ”Om han betalade så mycket för *en*. Kors i taket.”

”Vad visar satellitdatan?” frågade Liane sedan. Så snart datan hade börjat komma in från Jess mask föregående kväll hade Hestias tekniker ringat in ön, och Liane hade omedelbart skickat informationen vidare till Spires. Spires hade mumlat något om att omdirigera en satellit, och Liane fick utgå ifrån att hon hade gjort det.

"En helikopter lyfte från ön för ungefär två timmar sedan, med kurs mot Caracas. Jag vågar påstå att ni kan hitta familjen Hayworths privatjet där, bara av en händelse." Spires skakade på huvudet. "Ärligt talat, jag är verkligen häpen över det här. Jag vet vilka familjen Hayworth är, men jag hade inte en susning... håller Homeland Security koll på dem?"

"Det skulle jag inte veta", sa Liane neutralt. Naturligtvis hade hon redan skickat vidare allt hon visste till Homeland Security. Hestia var ju trots allt uppkallad efter härdens och hemmets gudinna. Minst åttio procent av deras rörelsekapital kom ur Homeland Securitys svarta operationsbudget. Och med tanke på reaktionen från hennes kontakt när hon lämnade namnet Hayworth hade hon ingen tvekan om att det rådde febril aktivitet där borta för att försöka ta reda på exakt hur radikaliserad den där kyrkan hade blivit och vad familjen Hayworth egentligen planerade att göra med ett portföljkärnvapen.

Spires avslutade videosamtalet efter några fler frågor, och Liane suckade och gnuggade ögonen, lutad bakåt i sin kontorsstol. Hon hade inte sovit bra sedan Jessikah gav sig av på uppdraget, orolig för sin lillasysters säkerhet.

"Jag är så jävla glad att det inte var du som var tvungen att gå under täckmantel på det där uppdraget." Drew Murphy hade väntat tyst i ett hörn av hennes kontor, utom räckhåll för webbkameran. Nu klev han fram och lutade sig över ryggstödet på hennes stol, böjde sig ner och tryckte en kyss mot hennes panna.

”Det är inte jag, för då är Jess där inne i stället!” Liane lutade sig mot honom, tacksam för hans varma, solida styrka. ”Jag vill vara där ute och *göra* något. Att inte veta exakt vad som händer driver mig till vansinne. Jag undrar om vi skulle kunna hacka oss in i CIA:s satellitflöde, titta i realtid?”

”Kanske skulle några av våra tekniska genier klara det, men är det verkligen det bästa sättet att använda våra resurser? Och vad skulle du se, egentligen? Små streckgubbar som rör sig mellan byggnader, på sin höjd. Det ger dig ingen verklig uppfattning om vad som pågår. Tro mig, jag fick satellitunderrättelser i realtid tillräckligt många gånger på uppdrag, och det var oftare frustrerande än användbart.”

”Du har rätt.” Hon vred ansiktet mot hans sida och mumlade in i tyget på hans T-shirt. ”Jag vet att du har rätt. Och jag vet att du och jag behövs här för att leda operationen från det här hållet, men en del av mig vill fortfarande vara ute i fält.”

”Hey.” Drew strök undan håret från hennes panna och log ner mot henne. ”Jag fattar. Jag vill storma den där ön med ett Rangerförband och mitt prickskyttegevär.”

”Kanske kan vi få följa med på tillslaget mot Hayworth-stället”, funderade Liane, och kände hur Drew stelnade till. Hans uttryck, när hon tittade upp på honom, var förväntansfullt.

”Tror du att de kan låta oss?”

Han saknade också fältarbetet, tänkte hon. Ingen av dem hade riktigt förlikat sig med att de nu var chefer, med skrivbord som slagfält.

”Vi kan alltid fråga. Eller bara dyka upp när de ska in för operationen.” Hon log busigt upp mot honom.

"Det kanske inte går så långt", varnade Drew. "Det kan bli avlyft redan vid införseln. Fortuna kanske inte är så smart som han tror."

"Av det DDO Spires sa när jag berättade att Fortuna egentligen är Sebastian Maroney, tror jag att han är förbannat smart. Han lyckades fejka sin egen död, dölja det för *CIA* och bli en av världens största vapenhandlare. Tror du verkligen att han inte kan få in ett portföljkärnvapen på amerikansk mark utan att upptäckas?"

"Poäng", medgav Drew.

"Jag tror inte att vi kommer att veta var den är förrän vid datum och tid för specificerad leverans till familjen Hayworth. Så det är där den måste stoppas."

De stirrade på varandra, och Liane visste att de båda kände det. Bubblan av stigande förväntan inför vissheten att det skulle bli åka av.

"Vi ska vara med på det tillslaget", sa Drew.

"Ja. Ja, det ska vi."

KAPITEL SJUTTON

Varken Jess eller Pascal var på humör för att vare sig älska på riktigt eller låtsas för ljudövervakningens skull. I stället kurade de ihop sig tillsammans och bara låg tysta. De andades i lugn takt, och den som lyssnade skulle nog tro att de tog en tupplur, men båda var djupt inne i sina egna tankar och vägde konsekvenserna av det som hade hänt på eftermiddagen.

Till slut kysste Pascal Jess i pannan och mumlade: "Vi borde göra oss i ordning för middag."

"Jag antar det." Hon sträckte upp och kysste honom på munnen, och redan när hon drog sig undan slog det henne hur naturligt det hade känts. Att ha legat i Pascals armar ett par timmar på eftermiddagen hade varit några av de mest bekymmersfria, fridfulla stunder hon kunde minnas på länge. Någonsin, om hon skulle vara helt ärlig mot sig själv. Ja, till en början hade tankarna snurrat, möjligheter och alternativ som stod öppna, alla sätt som allt kunde gå snett... men till och med det hade till slut klingat av och Jess hade funnit sitt huvud tomt på allt utom den lugnande, jämna dunsen av Pascals hjärta som slog under hennes öra. Hon hade varit i ett slags meditativt, drömlikt tillstånd när han talade och skrämde henne tillbaks till nuet.

Pascals hand krökte sig i hennes hår, drog henne varsamt nära igen så att han kunde återgälda kyssen, men mycket hetare och längre. Jess flämtade när han släppte taget, och hon tänkte plötsligt om när det gällde hur de borde ha tillbringat de senaste timmarna. Han måste ha läst ångern i hennes ansikte, för han log och petade henne lätt under hakan.

”Spara den där tanken till senare. Jag är hungrig.”

”Jag med... men inte på mat.” Hon lät blicken glida hungrigt över honom när han reste sig och sträckte på sig, kraftiga muskler som spelade under den släta, bruna huden.

”Stoppa tillbaka tungan.” Han drog händerna genom håret, mörka lockar bångstyriga och aningen för långa, och blinkade åt henne innan han gick mot badrummet.

Jag borde inte låta libido ta över. Det här kan inte sluta väl. Jess kastade sig tillbaka mot kuddarna, frustrerad.

Hon lyckades ändå inte ångra att hon hade haft sex med Pascal. Det hade varit fantastiskt, men hon kände sig själv tillräckligt väl för att veta att hon skulle ta varje chans att upprepa upplevelsen som gavs. Det vore så otroligt lätt att bli beroende av hur hon kände sig när hon var med honom, och hon menade inte bara i sängen.

”Så vilken fantastisk klänning tänker du slå oss med i kväll?” frågade Pascal när han kom ut ur badrummet och torkade håret med en handduk.

Hon log snett. ”Du får vackert vänta och se.”

"Inte för länge, hoppas jag", sa han med en menande blick på klockan, och Jess suckade och sköt ifrån för att ta sig upp ur sängen.

"Jag ska vara snabb."

Inte alls så snabb som hon hade varit om hon inte behövt upprätthålla fasaden som Instagrammodell, men ändå var hon klar på drygt en halvtimme, med sminket på plats och iförd en vacker, bleklila omlottklänning i siden som visade hennes långa ben men ändå skrek pengar och klass. Vilket den borde, med tanke på vad hon hade betalat för den.

"Du ser fantastisk ut", mumlade Pascal och kom upp bakom henne när hon granskade sig i spegeln, medan hon lade till några tjocka silverarmband och ett par örhängen med tunna kedjor som snuddade vid axlarna. Han nuddade försiktigt toppen av hennes öra med näsan, hans armar gled runt hennes midja, och i spegelns spegling såg Jess hur han slöt ögonen ett ögonblick, ett leende vid hans läppar medan han andades in hennes doft.

Han känner något också. Han behöver inte göra så där. Det finns inga kameror här inne.

Hon kämpade hårt för att stampa ner fjärilarna som fladdrade till i magen. Det var löjligt att känna sig som en bubblande tonåring vid minsta tecken på att Pascal kanske kände något för henne bortom den fasad de tvingades spela upp.

"Nu går vi. Jag är hungrig." Hon tvingade fram ett ljust leende, vände sig om och hakade sin arm i hans. "Tror du att ni killar vill spela kort igen i kväll?"

"Kanske." Pascal ryckte på axlarna. "Vill du ge för oss igen?"

"Självklart. Utan Hayworth där som anklagar mig för att dela underifrån och blänger varje gång jag så mycket som ler kan det till och med bli roligt!"

"Vill du inte vara med och spela?"

"Nej", sa hon. "Jag är usel på kort."

Pascal gav henne en skeptisk blick, och Jess log. Det hade varit en uppenbar lögn. Hon var väldigt, väldigt bra på de flesta kortspel, hennes fotografiska minne och mattekunskaper gav henne ett övertag som få kunde matcha. Även om hon gått på college med ett fullt stipendium hade hon fyllt på inkomsten med nätpoker, plus några spel i verkliga livet där, precis som i yrkeslivet, andra underskattade henne på grund av hur hon såg ut.

"Påminn mig om att aldrig spela poker mot dig", mumlade han när de lämnade villan och tog sig tillbaka till resortens huvudbyggnad.

"Jag visste att du var en smart kille. Sakta ner lite, va? De här klackarna är djävulska att gå i."

Pascal saktade genast ner stegen. "Förlåt. Jag tänkte inte på det."

"Det är lugnt. Normalt skulle jag hänga med i ditt tempo." Jess grimaserade. Klackarna var faktiskt det hon hade svårast för med hela den här operationen; hennes vrister värkte konstant och blotta tanken på att behöva springa i dem gjorde henne nervös. Å andra sidan var de vassa nog att fungera som vapen i nödfall, tröstade hon sig. Kanske borde hon konstruera ett par med klackar som gick att ta av och som var riktiga vapen... hon hade varit tvungen att göra sig av med USB-minnet hon smugglat in i en klack, av rädsla för att en genomsökning skulle göras och det skulle hittas. Hon hade grävt ner det så djupt hon kunnat under villans bakre altan, i sanden.

De närmade sig huvudbyggnaden när ett märkligt ljud vid sidan av stigen fick Jess att stanna till.

”Vad?” frågade Pascal och saktade in med henne.

”Jag hör något... jag tror att någon gråter.” Hon hakade loss handen från Pascals arm och klev av stigen, och struntade i hans väste tillsägelse att vänta.

”Jess, låt mig.” Han tog tag i hennes arm. ”Du kommer att... japp, där var det.”

”Åh, skit också”, muttrade hon mellan tänderna när hennes klackar sjönk ner i det mjuka gräset. ”Ugh. Dra loss mig.”

”Jag har dig.” Han drog upp henne, skrattade lågt. ”Stå kvar på stigen och låt mig kolla.”

”Inte nödvändigt, jag kommer ut”, sa en kvävd liten röst, och en liten skugga lösgjorde sig från en av de närliggande palmerna.

”Mariska”, sa Jess mjukt. ”Åh, älskling. Vad gjorde han mot dig?”

Till och med i det svaga skenet från facklorna som var den enda belysningen längs stigen kunde de se hur blåmärkena mörknade på den tjetjenska flickans ljusa hud.

”Han var arg.” Mariskas mun darrade. ”Förlorade auktionen.”

”Och tog ut det på dig.” Jess klev fram och lade försiktigt armen runt Mariskas midja. ”Stackars liten.”

”Han kasta ut mig.” Mariska sjönk mot Jess. ”Jag vet inte vad jag ska göra...”

”Du ska följa med till vår villa så får jag titta på dig, och så får du vila.” Jess tog ett snabbt beslut. ”Pascal – kan du fixa något att äta till henne, älskling? Hon vill inte gå in där och behöva möta alla.” Hon nickade mot huvudbyggnaden, och Pascal suckade, uppenbart medveten om den beslutsamhet som stod skriven i hennes ansikte.

"Okej. Jag måste tala om det för Fortuna. Om Dzhokharov letar efter Mariska behöver vi inte hamna mitt emellan. Jag kan sälja in att du tar hand om henne... tills vidare."

Det fanns en varnande ton i hans röst, och Jess visste att om Dzhokharov krävde att få tillbaka Mariska skulle de vara tvungna att lämna ifrån sig henne, eller riskera en katastrof de inte hade råd med. Uppdraget var tvunget att gå först, även om hennes blod kokade av vrede över den tjetjenske generalens grymhet.

"Kom. Du följer med mig." Varsamt fick Jess Mariska att gå med henne, stöttade flickans lätta kropp. "Kan du gå okej, eller ska jag be Pascal bära dig?"

"Nej, jag går." Mariska tog modigt ett steg, sedan ett till, och Jess nickade åt Pascal, som tog hintet och gick mot huvudbyggnaden.

"Du sa att du hjälper mig att komma undan", viskade Mariska medan de med långsam, plågsam takt tog sig tillbaka till villan. "Menade du det?"

"Självklart. Men du förstår... jag kan inte få bort dig härifrån. Jag kan inte ens få bort *oss* härifrån. Inga telefoner."

"Ja. Jag förstår."

De tog sig fram långsamt. Mariska hade uppenbart väldigt ont; Jess tänkte att hon kunde ha spruckna revben, utifrån hur hon andades och ryckte till för varje steg. Till slut kom de tillbaka till villan och Jess ledde försiktigt in Mariska och uppmanade henne att lägga sig på sängen, fick äntligen en ordentlig titt på henne i bra ljus och svor tyst för sig själv som en borstbindare.

Ett chockerande blåmärke höll på att färga lila över hela ena sidan av Mariskas ansikte, svullnade snabbt och tvingade hennes vänstra öga nästan att slutas. Blod sipprade tjockt från mungipan, och när Jess såg det skyndade hon sig att hämta is och svepa in den i en duk.

"Här. Håll det här mot ansiktet. Jag har ibuprofen någonstans." Hon rotade bland sminket hon lämnat utspritt på byrån. "Det är det bästa vi kan göra om inte Pascal kan snacka till sig något starkare av Fortuna."

"Inte vilja ha starkare." Mariska skakade på huvudet och grimaserade av smärta åt den obetänkta rörelsen. "Starkare... inte bra."

Förbryllad rynkade Jess pannan mot henne.

"Starkare betyda heroin", sa Mariska tyst. "Inte vilja. Sett andra flickor."

"Åh." Jess ville sparka sig själv. Självklart. "Jag låter dem inte ge dig heroin. Jag lovar. Men du kan ta de här. Det är bara Advil. Ibuprofen." Hon lade två tabletter i Mariskas hand, tog en vattenflaska ur kylen. "Så. Berätta var det gör ont mer."

Mariska lade en hand på magen, grimaserade, och drog långsamt upp toppen för att visa ett mörkrött märke på magen.

"Åh herregud, det där ser hemskt ut." Jess rös i medkänsla. "Slog han dig?"

"Slå mig här." Mariska pekade mot ansiktet. "När jag falla, han sparka mig, här." Hon pekade på magen.

I ett kort ögonblick svartnade det för Jess. Hon övervägde att storma i väg för att hitta Dzhokharov och ge honom en dos av hans egen medicin. Hon tvingade sig att andas långsamt och djupt, höll ut handen mot Mariska. "Är det okej om jag rör dig, här? Jag vill känna efter om du har några brutna revben, för om du har det tycker jag att du behöver sjukhus. Du behöver nog sjukhus ändå, men..."

"Inte få tillåtet." Mariska ryckte fatalistiskt på axlarna. "Mr Fortuna, han låta ingen lämna förrän försäljning är över. Han bry sig inte om jag dör. Jag är inte en av köparna."

"Vi tänker inte låta dig dö." Jess väntade på Mariskas nick innan hon försiktigt kände runt den yngre flickans bröstkorg. Hon drog en tyst suck av lättnad när Mariska inte särskilt ryckte till; även om sparken i magen uppenbart gjorde ont och nu blev alla nyanser av blåsvart, trodde Jess inte att det var en allvarlig skada.

"Lägg dig ner", sa hon mjukt och drog en pläd över Mariska när hon hörde fotsteg närma sig, och sedan kom Pascal in i villan med en bricka med lock i händerna. Josef var bakom honom.

"Hur illa skadad är flickan?" frågade Josef tvärt. Han rynkade pannan vid åsynen av Mariskas blåslagna ansikte och gick fram, böjde sig ner för att titta på henne. Hon vek undan från honom.

"Jag har gett henne ibuprofen och en ispåse", sa Jess. "Det är ungefär allt jag kan göra."

"Vi kan nog hitta något starkare", sa Josef eftertänksamt.

"Inte vilja", sköt Mariska snabbt in. "Inte heroin."

"Här är det mer troligt att det blir kokain", sa han med ett halvt leende. "Eller marijuana."

"Tack. Inte vilja."

"Som du vill." Josef ryckte på axlarna, uppenbart likgiltig. "Mr Fortuna uppskattar att ni tar hand om henne", vände han sig till Pascal, "men hon kan förstås inte stanna här. Jag låter flytta henne medan ni och de andra gästerna äter middag.”

”Vart då? Inte tillbaka till Dzhokharovs villa?” frågade Pascal.

”Jag sätter henne hos de andra flickorna så länge. De tar hand om henne.”

Jess var rätt säker på att Josef struntade i vilket, men Fortuna hade uppenbart instruerat honom att ta hand om problemet. Troligtvis skulle Dzhokharov kräva att få Mariska tillbaka i morgon.

”Var snälla och gå och ät middag. Tack för omtanken, men jag tar över härifrån.”

Jess ville inte gärna lämna Josef i deras villa med Mariska, men Pascal klämde lätt om hennes arm, och hon insåg att de inte hade mycket att välja på. Hon nickade, böjde sig ner mot Mariska och mötte hennes blick.

”När vi tar oss härifrån”, lovade hon mjukt. ”Så fort som vi tar oss härifrån.”

”Tack”, viskade Mariska tillbaka, och grep hennes hand, och förtroendet i hennes enda öppna öga krossade Jess hjärta, för hon visste inte om hon skulle kunna hålla löftet. Hon visste inte om någon av dem skulle ta sig levande från Isla Fortuna, eller om hon någonsin skulle kunna hitta Mariska igen om de gjorde det.

Hon hade inget val annat än att ta Pascals arm och lämna villan igen, och hon hoppades desperat att Josef inte skulle skada Mariska mer.

”Den stackars ungen”, muttrade Pascal. ”Jag vill döda Dzhokharov så mycket att jag kan *känna* det.”

”Ställ dig i kön”, sa Jess ursinnigt. ”Han *sparkade* Mariska i magen!”

”Svin.” Pascals knogar var vitknutna, hans axlar spända, och Jess kände sig tröstad av hans uppenbara raseri, även om ansiktet han visat Josef hade varit likgiltigt.

”Om vi får chansen”, sa hon mycket tyst, ”så ser vi till att han inte tar sig till Gitmo.”

Pascal sneglade på henne. ”Du har bytt ton.”

Hon förstod vad han menade… men om någon förtjänade att dödas var det tjetjenen som hade köpt en tonårsflicka från hennes familj för att stilla outsägliga lustar och nu behandlade henne som sin personliga slagpåse.

För att inte tala om att Dzhokharov bokstavligen var på ön för att köpa ett kärnvapen som kunde orsaka tusentals, om inte miljontals, dödsfall, förstås, men det han hade gjort mot Mariska var något annat. Det var på nära håll, inte en abstrakt tanke.

Jess tvivlade inte längre på sin egen förmåga att trycka på avtryckaren. Om någon hade satt en pistol i hennes hand just då och Dzhokharov stått framför henne, hade hon inte tvekat en sekund. Hon var ärligt talat inte säker på hur hon skulle kunna sitta och äta middag i samma rum som tjetjenen utan att tappa fattningen.

Som om han läste hennes tankar kramade Pascal hennes hand. ”Titta bara inte på honom”, rådde han tyst. ”Låtsas att han inte finns. Jag har fått sitta ner med några riktigt vidriga typer genom åren; man måste lära sig att lägga det åt sidan.”

Hon drog ett djupt andetag av den varma natten som doftade hibiskus och salt, och nickade. ”Jag ska försöka.”

”Kom bara ihåg varför vi är här.” Han kramade hennes hand igen. ”Du fixar det.”

Orden sades med sådan lugn övertygelse att Jess genast kände sig stadigare. Pascals tilltro till henne värmde, särskilt med tanke på att han bara hade känt henne i några dagar. "Jag ska inte göra dig besviken", sa hon mjukt när de gick in i huvudbyggnaden och styrde mot matsalen.

"Hämta tröst i att jag vill döda honom precis lika mycket som du!"

Pascals muttrade kommentar fick henne att fnissa, och båda lyckades få fram ett leende när de slog sig ner tillsammans med resten av sällskapet.

KAPITEL ARTON

PASCAL VAR STOLT ÖVER hur Jess skötte sig under middagen, särskilt med Dzhokharov högljudd och motbjudande berusad på andra sidan bordet. Tjetjenen var uppenbart fortfarande på dåligt humör efter att ha förlorat auktionen tidigare, och hade gått hårt åt vodkan – så hårt att han indiskret erkände att hans högsta bud bara hade räckt till en fjärdeplats.

Det betydde, misstänkte Pascal efter Fortunas pikar mot Breukel tidigare, att holländarens bud hade varit det lägsta. Och eftersom Pascals bud hade varit tredje högst, placerade det nordkoreanerna som tvåor.

Yoon satt med huvudet tätt ihop med Doctor Choe; de båda ignorerade resten av sällskapet medan de talade lågmält, trots att en av Fortunas tjejer satt i Yoons knä. På något sätt trodde Pascal inte att koreanerna tänkte avslöja hur högt de hade bjudit, men det var fullt möjligt att Dzhokharov skulle göra det, särskilt om han drack ännu mer vodka. Och den informationen kunde vara väldigt användbar.

”Ge vår vän här en drink till”, sa han till Jess när Dzhokharov slog ner sitt tomma glas i bordet med en grimas. ”Är ni sugen på en ny pokeromgång i kväll, general?”

”*Da!*” Dzhokharov skrattade bullrigt och sträckte sig ut för att klappa Jess i rumpan när hon stod bredvid hans stol och fyllde på vodkan. ”Du duktig flicka”, sa han. ”Inte som min dumma lilla fru.”

Jess hade lyckats stå imponerande stilla och inte reagera på klappen, men nu stelnade hon till. ”Din *fru*?” sa hon med iskall ton.

”*Da*, Mariska. Dum unge. Stack i eftermiddags. Inte för att hon kan ta sig långt, inte på en ö, eh?” Dzhokharov skrattade ett djupt bullrande skratt och stötte till Fortuna. ”Hon kommer tillbaka. Kanske i morgon. Skadar inte att missa middagen.”

Pascal såg hur Jess tittade på flaskan i handen och visste genast att hon övervägde att slå ner tjetjenen med den. Han fångade hennes blick och skakade omärkligt på huvudet.

Jess suckade och ställde ner flaskan. ”Kan jag fixa något till någon annan?” frågade hon sockersött.

Breukel bad om en öl till, men alla andra tackade nej och Jess återvände till sin plats bredvid Pascal några ögonblick senare. I stället för att låta henne sätta sig krokade han armen om hennes midja och drog upp henne i sitt knä, gnuggade ansiktet mot hennes hals. Hon var spänd mot honom, uppenbart kämpande för att hålla ilskan i schack, men började sakta slappna av när han strök handen längs hennes ryggrad. Till slut kände han hur hon drog en liten suck och vände ansiktet mot hans kind.

”Jag är okej”, viskade hon under förevändning att nafsa honom i örsnibben.

"Jag vet. Du fixar det här. Håll bara ihop det." Han kysste henne lätt på läpparna, gav henne en menande blick och sträckte sig efter ett fat med chokladdoppade jordgubbar på bordet, förde en till hennes läppar.

Jess bet i jordgubben och gav Pascal en avsiktligt sinnlig blick, och han log, kände kroppen reagera. Hon märkte det uppenbarligen också, för hon gned sig mot honom och gav ifrån sig ett tyst litet skratt.

"Uppför dig, lilla räv." Han kramade nacken lätt och sa sedan med vardaglig ton: "Gå och hämta korten, Jess. Vi får se om vi kan få till en vettig omgång i kväll utan den där amatören Hayworth som inte har en aning ens när han faktiskt har en hyfsad hand."

Alla skrattade åt det, och Jessikah reste sig fogligt. Josef var snabb med att plocka fram korten och högarna av utskrivna lappar som de åter använde i stället för riktiga pengar, och Jess blandade vant.

"Du sa aldrig vilken variant av poker ni spelade", noterade hon. "Texas Hold'em?"

"Ja, det spelade vi i går kväll", svarade Breukel. "Det var den enda sortens poker Hayworth någonsin hade sett – sett på tv. Jag föredrar sju-korts stöt. Någon annan?"

"Fungerar för mig", sa Fortuna med en axelryckning. Han verkade distraherad i kväll, kollade då och då sin telefon. Pascal gissade att Fortuna var upptagen med att arrangera transporten av Hayworths kärnladdning; han tvivlade på att någon av enheterna fanns på amerikansk mark och att få in den skulle inte vara logistiskt enkelt. Han brann av lust att se den där telefonen, men om han inte tänkte döda varenda man i rummet och slita telefonen ur Fortunas lik, kunde han inte riktigt se hur det skulle gå till.

”Vet du hur man delar ut sju-korts stöt, ängel?” frågade Pascal Jess, som vant blandade korten.

”Klart jag gör. Pappa gillar att spela det med sina kompisar i Val d'Isère.” Hennes händer blixtrade till när hon delade ut två kort med framsidan ned till var och en av männen, ett kort uppvänt. ”Det ser ut som att du har det lägsta kortet, Mr Yoon.”

Nordkoreanen sköt redan en enda lapp till mitten av bordet; Breukel, som satt bredvid, kunde inte checka och blev tvungen att satsa han också. Pascal lyfte upp sina kort med tummen för att kika, rynkade på näsan och bestämde sig för att lägga sig. Hopplöst. Åttan som låg uppvänd var det bästa kortet han hade, och inget av dem var ens i samma färg. Nåväl, det fanns alltid nästa giv. Och ett par dussin till efter det, om gårdagskvällen var någon vägledning.

Fortuna var en väldigt duktig pokerspelare, och det var Yoon också, om än lite försiktig. Pascal misstänkte att Breukel spelade under sin nivå, liksom Pascal själv, för att inte avslöja sig. Dzhokharov däremot var vårdslös, och förlorade mycket oftare än han vann eftersom han verkade oförmögen att lägga sig oavsett hur dåliga kort han hade.

Cirka en timme in i spelet blev de kort avbrutna när en av tjejerna kom in i rummet och talade tyst med Josef, vars ansikte mörknade. Han gestikulerade åt tjejen att stanna kvar innan han gick fram bakom Fortuna och böjde sig för att viska i hans öra.

”Efter den här given”, var allt Fortuna sa utan att ens se sig om, men när omgången var slut tittade han upp och låste blicken i Dzhokharov. ”Ni sa att er fru hade sprungit i väg, Ruslan. Ni sa inte att ni hade misshandlat henne.”

”Misshandlat.” Tjetjenen ryckte nonchalant på axlarna. ”Är ingenting. Hon är min fru. Disciplin är nödvändigt.”

"Hon kissar blod, enligt Camila." Fortuna gjorde en gest mot tjejen som hade kommit in; Pascal mindes namnet. Tjejen som Hayworth hade misshandlat första kvällen. Hon stod i skuggorna längst bak i rummet, men han kunde se blåmärkena som mörknade på ena sidan av hennes ansikte, liksom vreden när hon såg på Dzhokharov.

"Din skitstövel!" Jess tappade uppenbart humöret och reste sig. "Hon är bara ett barn..."

Dzhokharovs ansikte mörknade, och han ställde sig också upp, höjde näven. "Du *vågar* tala till mig, kvinna!"

"Det räcker nu." Fortuna gled smidigt mellan dem. "Isla Fortuna Continental är en fristad, minns ni? Våld mot era medgäster är inte tillåtet."

"Uppenbarligen omfattar er fristad inte Mariska... eller Camila", sa Pascal torrt, och Dzhokharov gav honom en mordisk blick. Pascal brydde sig inte, han var tvungen att få tjetjenens uppmärksamhet bort från Jess. "Ni pratar stort, Fortuna, men hittills verkar ingen ha drabbats av några konsekvenser för att de brutit mot era regler."

Fortuna blev helt stilla och stirrade på Pascal, och för ett ögonblick gled hans tillmötesgående, artiga mask av och Pascal såg psykopaten därunder.

"Ni har rätt", sa Fortuna efter ett ögonblick av absolut stillhet som verkade sträcka sig i en evighet. "Ni har fullständigt rätt, Montalban. Det är för sent att disciplinera Hayworth, tyvärr, men Ruslan... ni har visat en tydlig respektlöshet mot Isla Fortunas fristad. Betrakta detta som er enda varning."

"Och om jag bryter mot era dumma regler igen?" Dzhokharov svällde i bröstet och ansiktet blev rött.

"Ni kommer inte att tillåtas bjuda på de återstående auktionerna", sa Fortuna neutralt.

”Inte rättvist – jag betalade insatsen!” Dzhokharov började gnälla.

Pascal var tvungen att undra när någon senast hade givit Dzhokharov negativa konsekvenser för hans handlingar. Tjetjenen verkade chockad; misstroende.

”Mariska är min *fru*!”

”Hon är fjorton”, sa Pascal snabbt när han såg Jess öppna munnen.

”Vänta. Fjorton?” Till och med Fortuna såg lite illa till mods ut över det. ”Ni tog med en fjortonårig flicka till min ö...”

”Min *fru*!” utbrast Dzhokharov.

”Er fru, som kissar blod för att ni sparkade henne i magen”, fräste Jess.

Dzhokharov knöt nävarna, och Pascal gjorde ingen ansträngning att hålla tillbaka det instinktiva morrande som kom ur honom när Dzhokharov vände sig mot Jess igen.

”Mina herrar.” Fortuna gjorde en gest, och Josef stod plötsligt med en pistol i handen, riktad mot Dzhokharov.

Josef rörde sig mycket snabbare än Pascal hade väntat sig, och han var nära att reagera väldigt illa. I ögonvrån såg han hur Breukel ryckte handen mot bältet och uppenbart avbröt rörelsen när han insåg att han inte hade sitt vapen.

”Ruslan. Gå till er villa, tack”, sa Fortuna in i den spända tystnaden. ”Jag ska se till att er fru får medicinsk hjälp under er vistelse på ön.”

Ett ögonblick trodde Pascal att Dzhokharov skulle protestera, men tjetjenen såg på pistolen i Josefs hand och gav ifrån sig ett morrande ljud i halsen innan han vände sig om och marscherade ut ur rummet. Josef följde efter på en nick från Fortuna.

”Har ni någon med medicinsk utbildning i personalen?” frågade Jess.

Fortuna vände sig och gav henne en skarp blick. ”Ingen som har mer än ett grundläggande första hjälpen-intyg. Och nej, jag tänker inte rekrytera och flyga in någon bara för flickans skull. Jag är ledsen, men jag kan inte riskera att ta in en icke granskad främling så här sent – och jag kan inte tillåta att hon lämnar ön såvida hennes liv inte är i överhängande fara. Om ni vill titta till henne har jag inget emot det... så länge inte Ruslan ser er göra det. Jag tror inte han blir nöjd, och jag föredrar att ni inte provocerar honom ytterligare.”

Pascal fångade Jess blick och gav en diskret, varnande skakning på huvudet.

Jess drog ett synligt andetag, klistrade på ett leende och sa: ”Åh, så snällt av er, Mr Fortuna, och det ska jag, om ni verkligen inte har något emot det. Mariska är en söt liten sak och hon förtjänar inte att behandlas sådär.”

”Camila tar er till henne.” Fortuna gjorde en snabb gest mot den andra tjejen. ”Soraya. Ta över givandet, vill du? Jag har flyt. Ingen anledning att stoppa spelet bara för att en spelare är ute.”

Jess kastade en blick på Pascal, och han gav en liten nick som visade att hon borde gå. Hon var arg och kunde säga något oöverlagt om hon stannade, vilket potentiellt kunde väcka Fortunas misstankar igen. Hon nickade och gick runt bordet för att kyssa honom farväl.

”Vi ses tillbaka i vår villa senare”, mumlade hon.

”Du väntar på mig när jag kommer tillbaka.” Han gjorde sig till och klappade henne lojt i rumpan, och hon skrattade lågt och gick, följde efter Camila.

"Din kvinna är för god för det här livet", sa Breukel oväntat och såg på Pascal. "Har medkänsla. Sällsynt för en trustfund-typ."

"Hon kommer att få se mycket värre än Dzhokharov om hon håller sig till er", muttrade Fortuna och kollade sina kort när Soraya delade ut en ny hand. "Hon måste lära sig att dölja sina känslor – och att ljuga så det duger. Jag såg att hon ville smälla till mig för att jag inte ordnade vård åt flickan, men hon klistrade på det där leendet och tackade mig vänligt. Hon har tur som jag gillar er båda." Han såg upp, mötte Pascals blick och gav honom ett isande leende. "Och att barnbrudar är en av de få gränser jag inte korsar. Dzhokharov är ett svin."

"Det är han", höll Pascal med. "Jag har haft att göra med honom förut och han saknar inte bara moralisk kompass – låt oss vara ärliga, om någon av oss hade moralisk kompass skulle vi inte vara här – han får aktiv njutning av grymhet. Det är slösaktigt och onödigt."

"Precis." Fortuna pekade på honom och inkluderade Breukel, Dr Choe och Mr Yoon när han gestikulerade runt bordet. "Vi är pragmatiker. Dzhokharov och Hayworth? Fanatiker."

Pascal nickade instämmande, la sin hand och lutade sig tillbaka i stolen med affekterad nonchalans. "Ni har rätt. Vi måste hantera dem, men vi behöver inte tycka om dem."

"Bara låtsas att vi gör det", sa Breukel torrt.

"Tack för att ni förstår att vi inte också är fanatiker", sa Dr Choe efter att Yoon talat snabbt till henne. "Vi arbetar i vårt lands tjänst. Det finns inget högre kall. Personliga önskningar och begär kan inte störa det vi måste göra."

"Självklart", sa Fortuna, men han kastade en blick på Pascal igen, med munnen snett vriden, och Pascal visste att vapenhandlaren inte menade ett ord av det. "Kom igen, Dieter. Är du med eller inte?"

"Nej. Det här är skräp." Breukel kastade sin hand och lät potten gå till Fortuna. "Igen, Soraya, och försök ge mig något att jobba med den här gången!"

KAPITEL NITTON

JESS FÖLJDE EFTER CAMILA ut från den stora resortbyggnaden och nerför en stig som inte var lika väl upplyst som den till hennes och Pascals villa. Hon mindes att en av tjejerna hade sagt att de delade en villa när de inte behövde underhålla gästerna, men byggnaden som Camila ledde henne till var mer som ett studenthem, och Jess gissade att den hade varit just det för personalen när resorten var öppen för betalande gäster.

Mariska låg på en säng precis innanför dörren, hopkrupen i fosterställning. Hon var tyst, men när Jess hukade sig ner bredvid henne såg hon tårar på den yngre flickans kinder.

"Har du väldigt ont?" frågade Jess lågt.

Mariska verkade fundera över orden ett ögonblick, kanske kämpade hon för att hitta engelskan. "Jag har haft värre", sa hon till slut.

"Camila sa att det var blod i urinen. När du gick på toaletten", förtydligade Jess när Mariska såg förbryllad ut.

”Inte så mycket. Bara lite rosa.” Mariska ryckte på axlarna och grimaserade sedan, rörelsen gjorde uppenbart ont. ”Jag mår bättre i morgon.”

Camila hade stått tyst bredvid och iakttagit; vid Mariskas ord suckade hon högt. ”Du mår *inte* bättre i morgon. Märkena blir värre dagen efter.” Hon vände sig bort, gick till ett kylskåp i andra änden av rummet och kom tillbaka med is inlindad i en trasa. ”Här. Lägg det här på ögat. Det kan vi göra något åt.”

Mariska tog trasan och tryckte den mot det svullna ögat, och Camila nickade och drog sig tillbaka till det som uppenbarligen var hennes egen säng i andra änden av rummet. Mariska tittade upp på Jess med det friska ögat och gestikulerade sedan tveksamt mot sängkanten.

”Vill du sitta?”

Jess satte sig, sträckte försiktigt ut handen och strök Mariska över håret. Den tjetjenska flickan verkade finna lite tröst i den milda beröringen, flyttade närmare och suckade tyst.

”Dzhokharov sa att du var hans fru”, sa Jess mycket tyst.

Mariska stelnade, och sedan nickade hon. ”Da. Det är sant.”

”Det sa du inte tidigare.”

”Jag tänkte... du erbjöd dig att hjälpa mig. Men det är annorlunda för en mans fru. Jag tänkte att du kanske inte skulle göra det om du visste.”

”Du hade fel. Jag ska hjälpa dig.”

Mariska kisade på henne ett ögonblick, lyfte sedan huvudet och tittade över rummet mot Camila, som hade hörlurar i något som såg ut som en gammal kassettbandspelare och nickade i takt, tydligen till musik.

Mycket tyst viskade Mariska: ”Du CIA?”

Jess blinkade. "Nej", sa hon och insåg direkt att hon svarat lite för snabbt. "Varför tror du det?"

"Rik tjej bryr sig inte om vad som händer med tjejer som jag. Och – jag såg dig. Med datorerna."

Jess förstod vad Mariska menade. Den tjetjenska flickan hade faktiskt sett henne i serverrummet, en plats där Jess inte bara saknade allt att göra utan uttryckligen var förbjuden att vara.

"Jag är inte CIA", viskade hon och lutade sig nära under förevändning att titta noga på Mariskas öga. "Jag är något annat. Snälla, tro mig, Pascal och jag kan hjälpa dig att fly från Dzhokharov. Han kommer aldrig att hitta dig."

"Jag hjälper dig", sa Mariska oväntat. "Och sedan hjälper du mig. Da?"

"Självklart." Jess såg nyfiket på Mariska. "Hur tänker du att du kan hjälpa mig?"

"Jag säger vad Dzhokharov bjöd på auktionen. Han vill inte spendera alla pengar han har fått för att betala, ville behålla några själv, men han vet nu att han måste. Fyra på auktion är inte bra nog. Politiker som skickar honom blir mycket arga."

"Jag har funderat", sa Jess varsamt och vägde hur mycket hon vågade säga. Hon undrade om Fortuna ens brytt sig om att buggat den här villan. *Varför skulle han?* Han trodde att de enda som skulle vara här inne var sexarbetarna han hyrt in för att underhålla gästerna. "Varför Tjetjenien ens bjuder på det här vapnet?"

Mariska log trött. "Det är inte Tjetjenien – inte officiellt. Inte presidenten och hans regering. Annan fraktion. Tycker ryssarna inte ska vara i Tjetjenien."

"Åh", sa Jess mjukt, chockad. "Så om de får vapnet..."

”Använda det i en false flag-operation för att starta krig mellan Ryssland och NATO. Sedan göra kupp i Tjetjenien och bryta sig loss från Ryssland.”

”Herregud.” I bakhuvudet hade Jess undrat om det var något i den stilen, men att höra det så rätt upp och ner – de tjetjenska separatisterna planerade att starta tredje världskriget för att återta sitt land, och Dzhokharov måste vara mycket högt upp i de blivande rebellernas led. Det satte i skarp belysning hur farligt det vore om de här kärnvapnen hamnade i fel händer, och hur avgörande viktigt deras uppdrag här var.

Viktigare än en barnbrud, även om hon hatade att erkänna det. Men hennes vänlighet mot Mariska gav faktiskt konkreta resultat, genom den information flickan delade.

”Så”, mumlade Jess och strök Mariska ömt över håret. ”Hur mycket?”

”Han bjöd tolv och en halv. Budget är tjugo”, viskade Mariska tillbaka. ”Han kan inte spendera mer än så. De har det inte, och Fortuna måste betalas på en gång.”

”Jag förstår.”

Mariska frågade inte vad Pascal hade bjudit, vilket övertygade Jess om att hon talade sanning, att hon inte försökte fiska information av Jess i utbyte genom att väcka sympati. Ärligt talat trodde hon inte att flickan hade det i sig att vara svekfull. Hon var ung, knappt skolad och djupt bitter över sin situation. Hon hade all anledning i världen att försöka fly sin våldsamma äldre make, och Jess var troligen den första person hon någonsin mött som gett henne ens en strimma hopp om en väg ut.

”Tack för hjälpen”, sa Jess tyst. ”Jag lovar att jag ska göra allt jag kan för att hjälpa dig också, när det blir dags.”

Mariska nickade, ögonlocken föll tunga. Jess drog överkastet över henne.

"Sov lite, lilla vännen. Jag kommer och tittar till dig i morgon."

Pascal kom sent i säng; Jess sov redan när han kom tillbaka till villan, trött och spänd efter att ha behövt väga varenda ord och gest. Han kröp ner bredvid henne och låg vaken, försökte få musklerna att slappna av så pass att han kunde somna. Han misslyckades totalt... åtminstone tills hon suckade och vände sig i sömnen, slängde en arm över hans bröst, med kinden mot hans axel.

Närheten, den mjuka värmen från hennes avslappnade, sovande kropp bredvid honom, fick något att lösas upp i honom och till slut somnade han.

Han vaknade i det tidiga morgonljuset med en känsla av att något inte stod rätt till; det tog några sekunder innan han insåg att det var Jess frånvaro som oroade honom. Hon gled tillbaka ner i sängen en minut senare och mumlade en ursäkt. "Var tvungen att gå på toaletten. Sov vidare. Det är tidigt."

Pascal var klarvaken nu, och han märkte att Jess också var det, av hennes ytliga andetag. Nästan tanklöst sträckte han ut handen och kupade hennes skuldra; hon rullade närmare och lade kinden mot hans biceps.

"Kan du inte sova?" frågade hon tyst.

"Nej. Jag tänker på nästa auktion. Fortuna antydde att han kanske flyttar upp den till i dag, i stället för att låta oss vänta till i morgon. Han ser att Dzhokharov är rastlös, och Breukel också.”

”Mm.” Hon tvekade ett ögonblick och sa sedan varsamt: ”Jag har börjat tvivla på vem Breukel egentligen jobbar för. Om din teori stämmer... skulle inte hans budget vara i praktiken obegränsad?”

Som vår, var den outtalade undertonen. Pascal vred på huvudet för att se på henne, med rynkad panna. ”Så vem tror du att han jobbar för?” frågade han.

”Jag vet inte. Han är ett blankt blad, och det stör mig.”

Han hade tyckt från början att Jess verkade ha goda instinkter. Om hon trodde att Breukel kunde vara ett problem behövde Pascal titta närmare på den nederländske mellanhanden. Han medgav för sig själv att han avfärdat Breukel för att han trodde att han kände den andre mannen, visste vad han kunde vänta sig. Breukel och Yoon hade fått mindre av hans uppmärksamhet, eftersom Fortuna var ett farligt frågetecken och Hayworth och Dzhokharov var lösa kanoner.

Det enkla faktum var att han inte hade råd att släppa blicken från någon av de många bollar som var i luften samtidigt. Även om han inte gått så långt som att anta att Breukel faktiskt jobbade för Interpol eller någon annan säkerhetsmyndighet, hade Pascal i bakhuvudet räknat bort holländaren som ett allvarligt hot, och det var oklokt. Jess ord var en skarp påminnelse om att han bokstavligen inte kunde lita på någon annan än kvinnan som låg bredvid honom.

”Hur var det med Mariska?” Han bytte ämne, ovillig att älta sin egen slapphet. *Kanske är det faktiskt dags att jag lämnar fältet.*

”Öm, men jag tror att hon läker”, sa Jess och drog ner mungiporna. ”På ett sjukhus skulle de säkert skicka henne på alla möjliga undersökningar och tester, men jag tror inte de skulle göra så mycket mer än smärtlindring.”

”Stackars unge”, mumlade Pascal.

”Hon råkade avslöja en intressant sak”, sa Jess, och Pascal hörde att hon valde orden med omsorg. ”Något du kan vilja veta. Det visar sig att Dzhokharov inte är här för Tjetjeniens regerings räkning. Han köper för en separatiströrelse.”

”Åh?” Det var intressant information. Pascal hade inte haft en aning om att Dzhokharov inte var helt sanktionerad.

”Mhm. De planerar att använda vapnet i en false flag-operation för att starta ett krig mellan Ryssland och NATO, och sedan utropa självständighet medan ryssarna är upptagna på annat håll.”

Pascal gav ifrån sig en låg vissling. ”Det var... ambitiöst.”

”*Galet* var ordet som föll mig in. Men jag antar att om du trycker upp någon tillräckligt hårt i ett hörn, så ser de enda utvägen som att riva hela huset.” Jess ryckte på axlarna. ”Hur som helst tror jag inte att de har pengarna. Mariska sa att de har ett absolut tak på tjugo miljoner. Dzhokharov bjöd tolv... hon verkar tro att han planerade att stoppa undan en rejäl bit för egen del om han kunde, men nu inser han att han måste bjuda hela slanten för att ha en chans.”

”Ja, då är han borta ur leken. Jag har mer än så att röra mig med, och jag är rätt säker på att Yoon också har det.”

”Så, om vi utgår från att Dzhokharov och Breukel ligger lågt”, påpekade Jess, ”vad tror du att de gör efter att vi åkt? Tror du att Fortuna har något annat att erbjuda dem – någon sorts tröstpris?”

Han hoppades verkligen inte det. Men det skulle vara typiskt Fortuna – vapenhandlaren ville inte lämna pengar på bordet. Kanske hade han något mindre spektakulärt än en resväska med kärnladdning men potentiellt lika dödligt. Ett kemiskt eller biologiskt vapen, till exempel.

”Jag ska försöka peta lite på Fortuna. Se om han säger något”, mumlade Pascal.

”Annars är väl det enda sättet vi får veta på om vi förlorar den andra och tredje auktionen.” Jess höll hans blick, och han ryckte till men nickade, eftersom hon hade en poäng. Hon hade helt rätt. De behövde stanna kvar på ön efter sista auktionen för att ta reda på vad mer Fortuna höll på med.

Det var riskabelt. Särskilt som de måste sätta full tillit till teamen som jobbade utanför, för att fånga upp vapnen – och han måste ha blind tilltro till att Jess mask faktiskt levererade informationen i tid för att det skulle lyckas. Dessutom, om Fortuna fick nys om att vapnen snappades upp före leverans, kunde han mycket väl börja fundera på hur informationen läckte. Pascal och Jess kunde bli fast på ön med en rasande Fortuna på jakt efter en syndabock.

”Det tar vi när det kommer”, sa han till slut.

Jess nickade. Hon kröp närmare honom, lät fingertopparna följa hans nyckelben, ner över bröstet. Över tatueringen på hans vänstra bröstmuskeln. ”En korp?” mumlade hon.

”Jag gillar dem. Kloka fåglar.” Den hade ingen särskild betydelse för honom, men han hade skaffat den eftersom en man i hans yrke utan bläck skulle vara så ovanlig att det väckte kommentarer.

”Jag gillar dem också.”

Hennes lätta beröring började väcka honom; han gav henne en snabb ursäktande blick när hans styvande kuk snuddade vid hennes lår.

Hon log och förde ner handen. ”Nämen hej där.”

”Hej själv”, sa han strävt och stönade när hon sköt ner i sängen och tog honom i munnen.

Jess mun var het och kunnig, hennes smidiga händer kupade hans pungkulor och slöt sig runt kukroten, och på bara några sekunder var han stenhård och desperat efter att vara i henne. Fast besluten att inte hasta, gled han in fingrarna i hennes hår och drog lätt, drog hennes mun från honom och förde hennes överkropp upp mot sin igen.

”Jag vill ha dig”, mumlade han strävt mot hennes mun, och hon nickade, slingrade sig runt honom och drog efter andan av njutning när hans händer slöt sig om hennes bröst.

”Ja”, höll hon med. ”*Ja.*”

Hon var lika hungrig som han, tänkte Pascal när hon matchade hans iver, den slanka kroppen som bågade mot hans, njutningsrop som spillde över hennes läppar. Lika desperat som han att fly från den svåra och farliga situation de befann sig i, även om det bara var en tillfällig respit att förlora sig i köttets njutningar. Det var ändå precis vad han behövde.

När de låg tillsammans efteråt, svettiga och tillfredsställda, medan Jess tankfullt följde konturerna av korpens utslagna vingar på hans bröst, slog det Pascal att han skulle sakna att ha Jess omkring sig när det här uppdraget var över. Han hade blivit så bekväm med henne de senaste dagarna, kommit att lita fullständigt på henne och också förlitat sig på hennes omdöme när han tvivlade på sitt eget. Han log svagt och tänkte på hur han totalt hade missbedömt henne vid deras första möte. Han var villig att satsa på att åtminstone en del av den brokiga framtoning hon haft varit avsiktlig, för att få folk att underskatta henne.

”Du är inte alls som jag trodde när vi först sågs”, mumlade Jess och speglade hans egna tankar så exakt att han skrattade högt.

”Roligt nog tänkte jag precis samma sak.” Han snodde en lång slinga gyllene hår mellan fingrarna och lät spetsen dansa över hennes bara skuldra. ”Men jag tror att du medvetet satsade på chockeffekt.”

”Kanske lite. Och jag trodde att du bara var ännu en kostym utan minsta fantasi.” Hon stödde sig på ena armbågen och gav honom ett busigt litet leende. ”Jag är glad att jag hade fel.”

KAPITEL TJUGO

PASCAL OCH JESS TOG sig till huvudbyggnaden en timme senare för att leta efter frukost och fann den nästan öde förutom några ur personalen. Alla andra verkade sova ut i dag. Josef dök upp halvvägs genom deras måltid och Jess frågade om hon kunde få gå och hälsa på Mariska igen, eftersom det här var ett fall där det definitivt var bättre att be om lov än att be om förlåtelse.

”Om du vill.” Josef gav henne en kort nick. Han verkade frånvarande, och när Jess hade gått frågade Pascal försiktigt Josef om något bekymrade honom.

Josef ryckte på axlarna. ”Mr Fortuna är inte nöjd”, sa han till slut. ”Dzhokharov ställer till med ett himla liv över att vara begränsad till sin villa, men han måste förstå; han visade ingen respekt för Mr Fortunas regler.”

”Ah.” Fortuna ville inte sparka av tjetjenen från ön, drog Pascal slutsatsen, eftersom det sannolikt skulle minska budgivningen på de resterande kärnvapnen. ”Jag har en fråga”, sa han, ”som du kanske inte kan svara på, men... jag undrade om Mr Fortuna hade någon sorts tröstpris att erbjuda de budgivare som inte lyckas köpa en av enheterna?"

"Varför frågar du det?" sa Josef, alltför snabbt och alltför defensivt.

Pascal bara ryckte på axlarna. "Det är vad jag skulle göra."

"Förstås." Josefs blick blev prövande. "Du är också en mäklare, inte en slutkund. Jag glömmer. Vem är din klient, nu igen?"

Pascal skrattade.

Josef log snett. "Du kan inte klandra en man för att försöka. Lika lite som jag klandrar dig för att försöka pumpa mig på Mr Fortunas affärer."

"Rättvist." Pascal nickade. "Jag var bara nyfiken. Även om jag inte kan fullfölja den här affären för min klients räkning... vill jag inte ha slösat bort min tid här helt och hållet. Särskilt som depositionen inte var återbetalningsbar och togs ur min egen ficka."

"Jag tror inte att du åker härifrån besviken", sa Josef, och Pascal förstod att det var så tydlig vink som han skulle få på att Fortuna faktiskt hade något annat i rockärmen att erbjuda förlorarna när auktionerna var över.

Fan. Jess hade rätt.

Nu hade han emellertid informationen han behövde för att se till att han förlorade den tredje auktionen, för han visste att Dzhokharov hade tjugo miljoner att spendera. Om Pascal bjöd bara lite lägre än så, skulle han förlora utan att det såg uppenbart ut att han försökte.

Under förutsättning att Yoon hade mer än tjugo miljoner och skulle vinna den andra auktionen, alltså. Alla olika variabler fick Pascals huvud att värka. Han svepte det sista av sitt kaffe med en grimas, just som Fortuna klev in med Soraya under armen.

”God morgon”, hälsade Pascal.

Fortuna besvarade det med en nick innan han vände sig till Josef och frågade på rapp, vardaglig spanska om Dzhokharov hade lugnat ner sig.

Pascal hällde upp mer kaffe och smuttade lugnt, utan att låta ansiktet avslöja att han följde varje ord i samtalet. Soraya slog sig ner bredvid honom och lutade sig nära, uppenbarligen i avsikt att dra hans blick till sin imponerande barm. Han gav henne ett neutralt leende och erbjöd sig att hälla upp en kopp kaffe åt henne.

”Bra. Samla ihop dem allihop”, sa Fortuna till Josef, fortfarande på samma snabba, talspråkliga spanska. ”Vi kör efter frukosten. Jag är trött på att se hela bunten. Skulle ha gjort alltihop på nätet.”

Josef gick, och Fortuna knäppte med fingrarna åt servitörerna, som skyndade över för att ta hans beställning på pocherade ägg på surdeg med lönnbacon vid sidan.

”Var är Jessica?” Fortuna vände till sist uppmärksamheten mot Pascal, en svag rynka i pannan när han såg hur närgånget nära Soraya satt. Soraya märkte det uppenbarligen och skyndade sig att sätta lite avstånd mellan sig och Pascal.

”Hon bad Josef om att få gå och kolla till Mariska. Hon har ett mjukt hjärta, har fattat tycke för ungen.” Pascal ryckte på axlarna som om han inte brydde sig.

”Hm.” Fortuna trummade med fingrarna mot bordet.

”Har Hayworth fått sin enhet ännu?” bytte Pascal ämne, med en ledigt ton. ”Han känns inte som typen som väntar tålmodigt.”

”I morgon.” Fortuna mjuknade så pass att han avslöjade den lilla uppgiften, ett självgott leende vid läpparna. ”Jag visste vilken budget de rörde sig med – han erbjöd mig en svindlande summa pengar för att sälja honom en enhet utan att komma till auktionen, så jag såg till att en av dem var förhandsplacerad i USA så att jag kunde leverera snabbt. En kund med den typen av budget, tja.” Han ryckte på axlarna.

”Man gör vad som behövs för att hålla dem nöjda. Tror du verkligen att han blir återkommande kund, dock? Jag kan inte tänka mig att deras lilla sekt kan fälla tillräckligt mycket av den amerikanska regeringen för att slippa konsekvenser.” Pascal var genuint nyfiken på om Fortuna kände någon lojalitet alls till sitt födelseland.

”Jag bryr mig verkligen inte om han kommer tillbaka eller inte. Och om de lyckas med den destabilisering de planerat tror jag att det kommer finnas många fler köpare som letar efter alla möjliga sorters utrustning. Mer affärer för oss båda.” Fortuna skålade mot Pascal med kaffekoppen.

Pascal tvingade fram ett uppskattande leende och dolde den instinktiva avskyn. ”Jag antar att du inte råkar känna till Hayworths tidplan? Vi hade tänkt ta vägen hem till Europa via USA, kanske hälsa på Jess föräldrar, men jag tänker om. Kanske ändrar vi våra planer.”

”Det skulle jag göra om jag vore du.” Fortunas blick var platt. Oblinkande. ”Kan vara ett bra tillfälle för Jess föräldrar att ta en Europa-semester också.”

”Uppfattat”, mumlade Pascal, just som Fortunas frukost bars in och vapenhandlaren vände uppmärksamheten mot sin tallrik. ”Nå, jag tror att jag går och hittar Jess. Kanske tar ett dopp.”

”Gå ingenstans.” Fortuna pekade med gaffeln mot Pascal. ”Vi ska hålla den andra auktionen så fort jag ätit klart.”

”Jaha. Ändrade planer? Vad gäller den tredje auktionen?”

”Det bestämmer jag senare i dag. Kanske kör vi i morgon. Beror på vem som vinner i dag och vart jag måste få den andra enheten levererad.” Fortuna log snett. ”Tänker du säga var du vill ha den levererad, om du blir högstbjudande?”

”Jag skulle faktiskt behöva rådgöra med min klient”, sa Pascal smidigt. ”Jag har bara fullmakt att bjuda för deras räkning, jag är inte insatt i deras operativa planer.”

”Hm.” Fortuna vände uppmärksamheten mot maten och skar i sitt bacon nästan argt, besticken skallrade mot tallriken. ”Skulle aldrig ha släppt in dig och Breukel här”, muttrade han. ”Jag gillar att veta vem jag har att göra med.”

”Men snälla nån.” Pascal ansträngde sig för att låta gemytlig. ”Det är bara affärer. I vår bransch är mellanhänder normen. Se på vilka som ställt till problem för dig här – Hayworth och **Dzhokhorov** – två av dina tre slutkunder, hm? Medan Dieter och jag är proffs, precis som du.”

”Du är inget som jag”, sa Fortuna torrt.

En spänd tystnad lade sig. Soraya såg mellan dem med stora ögon; Pascal kände en instinktiv rysning löpa uppför ryggraden, men han satt blick stilla och höll Fortunas blick.

Tystnaden bröts när dörren svängde upp och släppte in Breukel, Yoon och Dr Choe, ingen av dem såg särskilt glad ut över att ha kallats in så tvärt, men de var åtminstone muntrare än Dzhokharov. Tjetjenen var purpurröd, muttrade för sig själv och stampade med fötterna när han anlände ett par minuter senare.

”Vi håller auktionen nu.” Fortuna kapade alla protester, slängde servetten och reste sig. ”Josef. Plattorna.”

Jess är inte här, tänkte Pascal när han tog emot en platta av Josef, och hon skulle förmodligen inte släppas in nu, med dörrarna stängda och Josef som postade sig framför dem efter att ha delat ut plattorna. Det spelade egentligen ingen roll. Pascal visste vad hans strategi måste vara. Om Pascal inte bjöd högre än första gången skulle det signalera till Fortuna att han var på sin gräns och hade varit det från början, vilket antydde att han var öppen med sin totala budget. Han presenterade sig som exakt det Fortuna förväntade sig att se.

Fortuna brydde sig inte om teatern den här gången. Fem minuter senare var auktionen över och Yoon och Fortuna skakade hand, båda med stora leenden. Dzhokharov såg försiktigt nöjd ut; Pascal drog slutsatsen att tjetjenen äntligen hade lagt sitt verkliga maxbud och kommit tvåa, eftersom Pascals skärm visade en trea.

Vilket betydde att Breukel, som just nu marscherade ut ur rummet med ett åskmoln till min, var låg budgivare igen... och Pascal lutade definitivt ännu mer åt Jess slutsats att Breukel inte jobbade för Interpol eller någon annan säkerhetsmyndighet.

Josef samlade in plattorna igen och Fortuna lämnade rummet med Yoon och Dr Choe; Dzhokharov satte sig vid bordet och snäste åt Soraya att hälla upp kaffe åt honom. Hon skyndade sig att lyda, och Pascal reste sig för att gå, eftersom hans närvaro bara skulle reta upp tjetjenen ännu mer.

”Stannar du inte och dricker kaffe med mig?” muttrade Dzhokharov.

”Jag har redan ätit frukost, Ruslan.” Pascal satte sig ändå ner igen, nickade åt Soraya och pekade på sin kopp. ”Har du långtråkigt eller något?”

”Ha. Det här brödet är inget bra. Varför är bröd i Amerikas alltid så dåligt?” Dzhokharov petade på frallan på sin tallrik. ”Skulle ha tagit med bra tjetjenskt bröd.”

”Det hade varit torrt nu”, påpekade Pascal. ”Men jag håller med dig om brödet. Jag tror att det är mjölet. Andra vetesorter i Europa, eller något. Jag skulle ge mycket för en bra baguette från mitt lokala bageri i Marseille just nu.”

”Där du faktiskt bor, är det?” Dzhokharov gav honom en slug blick.

Pascal ryckte nonchalant på axlarna. ”Så mycket som man kan säga att jag bor någonstans. Jag äger en lägenhet där, men ärligt talat har jag tur om jag sover trettio nätter om året i min egen säng.” Det var förstås en CIA-ägd fastighet; han tänkte att han borde titta förbi där snart igen. Han hade inte varit där på sex månader, och den som höll uppsikt kunde undra varför. Pascal Montalban fanns på en rad internationella bevakningslistor, även om CIA såg till att inga säkerhetsmyndigheter någonsin kom sig för att agera på någon information som någon kunde tro sig ha om honom.

”Och jag som trodde att det var soldatlivet som höll mig borta hemifrån.” Tjetjenen fnös och skyfflade in äggröra i munnen. ”Nu har jag inte ens min fru som sällskap.”

”Hon är ett barn. Varför bry dig, när du kan ha en sån här vacker kvinna som den här att värma din säng? Vår värd har varit mycket generös.” Pascal nickade mot Soraya, som pustade upp sig lite.

”Det är en poäng. Vill du komma och hålla mig sällskap i dag?” frågade Dzhokharov Soraya. ”Kanske ta med en av dina väninnor.” Han log snuskigt. ”Hindra mig från att bli uttråkad.”

”Skulle du gilla det?” spann Soraya och lutade sig fram så att Dzhokharov fick en perfekt vy över hennes spektakulära klyfta. ”Tycker du om att titta?”

”Da, mycket. Varför kommer du inte och är med, Pascal? Ta med den där söta Jess.”

Det var det här Dzhokharov egentligen ville, insåg Pascal genast; inbjudan till honom var överflödig. Dzhokharov ville knulla Jess och tänkte att en gruppsex var hans bästa chans.

”Jag delar inte med mig”, sa Pascal, utan att bry sig om att dölja hotet i rösten. ”Affärer är affärer, men mitt är mitt, och det inkluderar Jess. Fråga inte igen. Jag vill inte behöva ta illa vid mig.”

Uppriktigt less på att se tjetjenen sköt han tillbaka stolen och reste sig, och lämnade matsalen utan att se sig om. Han behövde rensa huvudet, så han vek av från stigen tillbaka till villan och gick ner mot stranden.

En halvtimme senare hittade Jess honom där, vandrande fram och tillbaka i vattenbrynet. Hon tog av sig skorna, anslöt sig till honom och gick tyst en stund.

”Vad hände?” frågade hon till sist lågt.

”Andra auktionen. Yoon vann. Jag var trea, bakom Dzhokharov.”

”Jaha.” Jess nickade, uppenbart i färd med att tänka igenom det. ”Gissar att det är honom helikoptern kommer för.” Hon nickade ut mot havet, och Pascal vände blicken dit. Hon hade sett den först, den avlägsna pricken av helikoptern som närmade sig, och nu hörde han dess *whup-whup* över vind och vågor.

"Jag hoppas bara att din mask fungerade och att våra folk på utsidan får den information de behöver", sa han lågt och följde helikopterns inflygning med blicken. "För om inte, släpper vi ut kärnvapen i världen utan någon egentlig aning om var de kommer hamna."

"Lite tro, tack." Jess flätade in sin hand i hans och kramade lätt. "Jag såg till att servern jag satte upp för att ta emot i andra änden pingade tillbaka. All data som fanns i öns datorer då kopierade över sig, och även om de stängt ner efter det – vilket jag har svårt att tro, för i så fall skulle Fortuna ha blivit vansinnig vid det här laget – skulle mitt folk ha tillräckligt med information om köparna för att börja gräva i deras finanser och följa pengarna."

Han suckade, blåste ut kinderna. Nickade. "Hur är det med Mariska?" frågade han efter att de gått tysta i ytterligare en minut eller två.

"Lite bättre efter en ordentlig natts sömn. Camila hade kommit med frukost och hon åt."

"Det är bra." Han såg ut över havet. "Jess... Dzhokharov kommer att vinna den tredje auktionen. Jag måste låta honom göra det, för vi behöver veta vilka andra kort Fortuna håller."

"Jag vet", sa hon, med en rynka mellan ögonbrynen när han gav henne en menande blick.

Pascal såg ögonblicket då hon insåg vad han syftade på. Hennes kinder hettade, käkarna spändes.

"Han kommer att åka och ta med sig Mariska, och vi kan inte göra något åt det", sa han mjukt. "Hon är sannolikt tillbaka i Tjetjenien med honom innan vi ens kommer av den här ön."

”Och vi kanske inte kan få ut henne.” Jess spottade nästan orden, fingrarna hårdnade om hans. ”Fan. Jag lovade att hjälpa henne om jag kunde.”

”*Om* du kunde”, påpekade Pascal, lugn men obeveklig. ”Hon blir långt ifrån det enda oskyldiga offret om vi inte får jobbet gjort här.”

”Bara den enda jag känner personligen.” Jess sa inget mer på några minuter, hon såg på vågorna som sköljde över deras bara fötter medan de gick. ”Jag är verkligen inte gjord för det här fältjobbet”, medgav hon sedan och sneglade upp mot honom. ”Jag var nära nyss att riskera allt för Mariskas skull.”

”Vagnsproblemet är fasansfullt i teorin. När det blir ett verkligt val mellan en person du känner och ett okänt antal ansiktslösa främlingar, fryser många. Du har bra instinkter. Du behövde inte mig för att förstå vilket val vi måste göra. Jag tog bara upp det för att vara säker på att du hade tänkt tanken och inte skulle reagera illa i stundens hetta om det slog dig för sent.” Han släppte hennes hand och lade armen om hennes axlar, lutade sig in och tryckte en kyss mot hennes tinning. ”Du har fel om att du inte är gjord för fältarbete. Du har knappt satt foten fel sedan vi kom hit, och det här är verkligen att kastas i på djupt vatten.”

”Tack.” Hon lutade sig kort mot honom. ”Hur mycket längre, tror du? Fortuna tappar uppenbart tålamodet. Tror du att han håller den tredje auktionen i dag?”

”Kanske. Han måste få saker i rullning för att få Yoons enhet levererad, det kan hålla honom sysselsatt resten av dagen. Vi får helt enkelt vänta och se.”

KAPITEL TJUGOETT

Resten av dagen var Pascal på helspänn, helt beredd på att kallas till den tredje och sista auktionen när som helst, men kallelsen kom aldrig. Helikoptern lyfte igen när han och Jess var på väg tillbaka till sin villa och flög så lågt att de kunde se de två nordkoreanerna titta ut genom sidofönstren åt deras håll.

"I teorin borde den vara enklast att stoppa. Antagligen den med längst ledtid också", sa Pascal lågt. "Den måste levereras med fartyg, och jag kan inte tänka mig att Fortuna bokstavligen har den liggande i en containerbåt utanför Koreas kust."

"Vi får väl hoppas att flottan sköter sitt jobb utan att väcka en kinesisk skitstorm", mumlade Jess och skuggade ögonen medan hon följde helikoptern med blicken när den försvann.

"Det är därför vi har hemliga operatörer och ubåtar, Jess. Om det inte finns något annat alternativ kommer fartyget att råka ut för ett dödligt fel och hamna på havets botten."

Det vore inte det föredragna utfallet – israelerna ville med all säkerhet få tillbaka sina saknade enheter i egna händer – men det var bättre än att nordkoreanerna fick tag i en resväskebomb att bakåtkonstruera.

De blev kallade till middag vid vanlig tid och upptäckte att Fortuna verkade ha återfått sitt goda humör och var charmig och gemytlig igen.

”Så när blir sista auktionen?” försökte Pascal rakt på sak när det blev en kort paus i sorlet. ”I kväll? Vi kan få allt överstökat och åka hem.”

”Varför brådskan?” Det var Breukel som frågade, holländarens blick slug. ”Jag trivs utmärkt på semestern.”

”Visst... men om era klienter liknar mina blir de desto gladare ju fortare jag är tillbaka uppkopplad med de svar de vill ha.” Pascal ryckte på axlarna. ”Och, rätta mig om jag har fel, förstås.” Han nickade mot Fortuna. ”Men jag får definitivt intrycket att vi sliter lite på vår välkomst hos vår värd.”

”Inte alls”, försäkrade Fortuna, även om tonen antydde något annat. ”Jag är... visst lite ovan vid sådant sällskap nuförtiden, verkar det som.”

”Det är väl så det blir när man flyttar till en privat ö”, sa Jess lite skämtsamt. ”Några av pappas vänner gjorde det när de blev riktigt rika. Alla blev lite eremitaktiga och...” Hon lät meningen rinna ut, även om Pascal var säker på att hon valt orden med flit.

”Lite vadå?” sa Fortuna aggressivt.

”Ovana vid att umgås!” Hon log mot honom. ”Du har varit hur tillmötesgående som helst, Mr Fortuna, men du känner oss knappt. Du är uppenbarligen bara riktigt bekväm med dem du känner bäst.”

Fortuna blev mycket tyst efter det och lät samtalet flyta vidare utan honom, och Pascal kunde nästan se hur mannen omprövade sina val. Fortuna – när han var Sebastian Maroney, dekorerad CIA-agent – skulle ha fått exakt samma utbildning som Pascal. Samma färdigheter. Lärd att vara en kameleont, att smälta in, att inte märkas, att vara den där trevligt glömske främlingen som en outbildad person inte ens skulle komma ihåg att de träffat om de blev tillfrågade några dagar senare, än mindre veckor eller månader.

Uppenbarligen hade Fortuna i hemlighet skavt mot att vara den personen, låtit sina mest flamboyanta och osympatiska impulser löpa amok när han inte längre hölls tillbaka av byrån eller några laglydiga principer, men hade han glömt allt han lärt sig om han inte ens kunde förmå sig att umgås med storspenderande kunder i några dagar utan att tappa humöret?

”Vi håller den sista auktionen i kväll”, sa Fortuna tvärt en stund senare. ”Efter middagen. Vinnaren kan tyvärr inte lämna förrän i morgon, jag kan inte kalla tillbaka helikoptern tidigare.”

”Fint för min del”, sa Breukel muntert och kramade midjan på flickan som satt i hans knä. ”Jag är säker på att Luisa kan göra min sista kväll minnesvärd.”

Breukel verkade för glad för en man som kommit sist i varje auktion hittills. Kanske hade han bara skrivit av allt vid det här laget. Eller så hade han spelat teater hela tiden, puffat på Fortuna för information när de andra inte var i närheten, försökt lista ut hur högt man måste bjuda på den sista auktionen, när han tänkte hoppa in och vinna i sista stund.

Pascal ville bara få allt överstökat, och han var säker på att Jess kände likadant. Han såg henne trycka fingertopparna mot tinningarna och gissade att hon brottades med samma slags stresshuvudvärk som han själv höll i schack. Mycket längre på Isla Fortuna och de skulle väl båda ha magsår också; det var definitivt bäst att de skulle åka snart.

Fortuna brydde sig inte om att skicka ut flickorna efter middagen, utan kallade bara in Josef medan de fortfarande åt dessert och sa åt honom att hämta surfplattorna.

Pascal lade återigen noggrant in sitt bud och väntade. Fortuna sneglade på honom en gång, nickade.

"Rakt på sak", mumlade Fortuna. "Vill du inte toppa med lite egna pengar, se om du kan få köparen att höja insatsen? Eller hitta en annan köpare?"

"Tyvärr inte", svarade Pascal. "Jag har en exklusiv överenskommelse med köparen, och det här är deras maxbud. Det är inte någon jag vill komma på kant med om de skulle upptäcka att jag dubbelspelat. De blir inte glada om de går miste om det, men de satte budgeten och var tydliga med den hårda gränsen. Det blir inga konsekvenser för mig för deras beslut."

"Jag tror att jag gillar dina köpare. Du måste berätta lite mer om dem."

Pascal log bara. "Då skulle det ju vara dina köpare, eller hur? Jag tror inte det."

Fortuna skrattade och lutade på huvudet för att erkänna poängen, just när sista signalen ljöd. "Gratulerar, general Dzhokharov. Du har köpt dig en kärnladdning."

Dzhokharov skrattade förtjust och slog Soraya, som satt bredvid honom, på benet. Hon ryckte till och gav honom en ovillig blick, som han lyckligtvis missade.

"Kom till mitt kontor", inbjöd Fortuna, "så påbörjar vi överföringsprocessen. Mr Montalban, Mr Breukel... vi talas vid lite senare, om ni inte har något emot det. Stanna gärna här, njut av min gästfrihet, jag kommer till er när generalen och jag är klara."

"Självklart", sa Pascal gemytligt och höll ett öga på Breukel i ögonvrån, men den andre vapenhandlaren bara nickade, till synes helt upptagen av Luisa i knät.

Fortuna och Dzhokharov lämnade rummet, och Pascal sträckte sig efter Jess hand när han insåg att hon stirrade på bordet. På surfplattan som låg framför honom och som Josef den här gången inte hade hämtat innan han följt i Fortunas spår.

"Nej", sa Pascal mycket tyst. Han förstod frestelsen; det måste vara som att duka upp en festmåltid framför en svältande och säga åt honom att behärska sig, men att ta risken så här sent i spelet vore dumt.

Jess axlar hävde sig i en suck, och sedan tittade hon upp på honom och log. "Det är bara..." Hon lät meningen rinna ut.

"Jag vet. Men låt bli." Han kramade hennes hand. "Vi har gjort det vi kom hit för." Åtminstone hoppades han det.

"Ja, jag antar att det ändå inte finns något vettigt jag kan göra nu." Hon gav surfplattan en sista längtansfull blick innan hon bestämt vände bort huvudet.

En dörr slog upp bakom dem, och Pascal vände sig snabbt om och såg en av vakterna komma in i rummet.

"Var är Mr Fortuna?" röt vakten.

"Han gick åt det hållet." Jess pekade mot dörren på andra sidan rummet, och vakten sprang dit och ryckte upp den utan att knacka.

"Vad är det som händer?" Breukel lyfte ner Luisa och reste sig, men ingen som var kvar i matsalen hade något svar till honom.

Det dröjde dock bara sekunder innan Fortuna kom stridande tillbaka med vakten hack i häl. Breukel upprepade sin fråga men Fortuna ignorerade honom och vek av ut i foajén.

"Skit samma, jag tänker följa efter honom", sa Pascal. "Jag gillar inte att inte veta vad som pågår."

Breukel nickade, och Jess släntrade med bakom dem. Pascal hade trott att de andra flickorna skulle stanna kvar, men när han sneglade bakåt följde Soraya efter Jess med en nyfiken min.

Fortuna och vakten hade gått in i rummet vid sidan av foajén där Pascal varit första kvällen, det med fönstret som vette mot gränden bort mot serverrummet. En tv stod på, inställd på en stor satellitnyhetskanal, och Fortuna stod framför den och blängde med knutna nävar längs sidorna.

STOR INSATS AV INRIKESSÄKERHETEN SLÅR TILL MOT KYRKOANLÄGGNING, stod det i löpraden, och Pascal kände hur han spände sig.

"En kyrka?" sa han rakt ut. "Inte... *Hayworths* kyrka?"

"Jo", pressade Fortuna fram, rasande.

"Skulle inte hans laddning levereras i kväll?"

En telefon ringde och fick honom att hoppa till. Fortuna fiskade upp apparaten ur fickan och höll den mot örat.

"Ja?" snäste han, lyssnade en stund. "Ja, din jävla idiot, jag ser det, det är överallt på nyheterna! Var är enheten?"

Nyheterna måste ha varit dåliga, för hans ansikte mörknade ännu mer. "Var är du?" frågade han till slut. "Bra. Gå under jorden. Och om de på något sätt hittar dig... ni vet vad som händer med er om mitt namn någonsin passerar era läppar." Han la på och vände uppmärksamheten mot skärmen igen.

Det var inte mycket att se: bilderna var uppenbart tagna med ett långdistansobjektiv, så nära som kameramannen i fråga kunde komma händelserna. Flera stora bepansrade skåpbilar stod uppställda vid sidan av en landsväg, men marken föll undan åt ena hållet och ett stort ranchliknande hus syntes tydligt, med flera andra stora byggnader bakom som såg mer ut som sovsalar än de stall man skulle förvänta sig på liknande egendomar. Runt tvåhundra agenter omringade stället, de flesta stod ganska avspänt med vapnen undan eller riktade mot marken, vilket sa Pascal att allt som skett var över sedan länge.

"En stor insats har genomförts i kväll", sa nyhetsuppläsaren, "och den här reportern såg för några minuter sedan Joshua Hayworth själv föras ut i handbojor och lastas in i ett fordon för transport. Inget uttalande har ännu kommit från någon av agenterna på plats."

Bilderna växlade för ett ögonblick till en långdistansbild av en vithårig man som sattes in i en bepansrad bil. Två andra män i bojor följde efter, omgivna av agenter. Och även på det avståndet var den siste mannen uppenbart Saul Hayworth.

"*Fan*", morrade Fortuna. "Den där förbannade idioten. Ingen känsla för operationssäkerhet."

Fortuna utgick från att läckan måste komma från Hayworths sida. Pascal andades ut ljudlöst men vågade inte titta på Jess.

Kameran återgick till vad Pascal antog var direktsändning och fokuserade på agenterna som rörde sig kring de bepansrade bilarna, alla i taktisk klädsel och de flesta med mörkblå vindjackor ovanpå med HOMELAND SECURITY på ryggen.

Den närmaste agenten vände sig mot kamerans håll och pekade, sa något till en kollega. Det var en kvinna, såg Pascal när kameran zoomade in på hennes ansikte. En vacker kvinna med ett inte helt naturligt mörkrött hår...

Jess blev helt stel bredvid honom just som Pascal kände igen hennes syster.

Vad gör Liane där?

Hon var alldeles för lik Jess. Hon var *identisk* med Jess, bortsett från hårfärgen, och Pascal visste i samma ögonblick att Fortuna såg likheten, för luften visslade mellan hans tänder precis innan han slet runt.

Det gick inte att snacka bort. Jess min spelade ut hela historien på en sekund, och Fortuna vrålade ordlöst av ursinne samtidigt som handen dök mot svanken efter pistolen han bar under skjortan där.

Hur snabb Fortuna än var, var Pascal ännu snabbare. Han dök efter rummets enda andra vapen, pistolen i höfthölstret på vakten, som inte hade en aning om vad som pågick och inte misstänkte att han skulle bli överfallen.

"Spring!" vrålade han åt Jess, bad en tyst bön att hon inte skulle frysa, och tackade universum när hon inte gjorde det, snurrade på klacken och var borta innan Fortuna ens hann få handen på sin pistol.

Han hade inte tid att oroa sig för henne, för nu hade Fortuna dragit sitt vapen, och Pascal fick inte loss vaktens pistol ur hölstret, hann bara rycka mannen framför sig som mänsklig sköld... och Fortunas första dubbeltapp träffade hans egen man rakt i bröstet.

Breukel skrek av chock och backade mot dörren med händerna i vädret. Det verkade som att Fortuna inte längre kunde skilja vän från fiende, för han sköt Breukel två gånger mellan ögonen innan han snodde tillbaka mot Pascal.

Nu hade Pascal vaktens pistol i handen, även om han höll den slappa kroppen uppe som en sorts sköld. Han höjde pistolen, snäppte av säkringen och tryckte av två gånger.

Fortuna flinade. "Aj", sa han milt.

Fan också! Lös ammunition!

Fortuna litade inte ens på sina egna män.

"Jag tänker skära henne i små, små bitar", sa Fortuna, nästan samtalston.

Om han tänkte slösa tid på att prata tänkte Pascal inte tacka nej till den gåvan. Några dyrbara sekunder när Fortuna inte sköt honom i huvudet dög alldeles utmärkt.

Han kastade sig baklänges ut genom fönstret.

Kapitel tjugotvå

Jess sprang så fort hon kunde, förbi en chockad Soraya, tillbaka in i matsalen och vidare in på kontoret bortom, där hon mötte Josef på väg åt andra hållet, uppenbarligen efter att ha hört skotten, med pistolen redan i handen.

"Det är Breukel!" ropade hon, tänkte snabbt. "Han sköt Mr Fortuna..."

"Ur vägen", morrade Josef, svepte ut armen för att knuffa henne åt sidan, och hon högg med köttkniven hon hade snott vid middagen första kvällen och burit med sig sedan dess, rätt in i hans vänstra öga med all sin kraft.

Josef gav inte ens ifrån sig ett ljud, bara föll ihop i en hög. Jess hade hans pistol i handen innan han ens slog i golvet, vred runt och kastade sig tillbaka åt andra hållet. Det kom ett enormt kraschande ljud, ett skott small igen, och när hon kom tillbaka till salongen var både Pascal och Fortuna borta och det enda som fanns kvar var brisen som blåste in genom det krossade fönstret och två döda kroppar på golvet.

”Vad är det som händer?” skrek Soraya och grep tag i hennes arm.

Jess skakade av henne. ”Hämta de andra tjejerna och göm er, om ni vill leva”, sa hon kort.

Soraya kastade en blick på hennes ansikte, grep tag i Luisa, som kikade ut från matsalen, och pladdrade till henne på snabb spanska. De andra tjejerna hade redan tagit skydd under möblerna, men Soraya ropade på dem, uppenbart för att säga åt dem att komma fram, och de började alla mot dörren till köken, förmodligen för att hämta den andra personalen.

Dzhokharov, tänkte Jess. Pascal kunde ta hand om sig själv, och han och Fortuna slogs uppenbart för fullt. Hon ryckte till när hon hörde ännu ett avlägset skott, instinkterna skrek åt henne att springa efter Pascal och försöka hjälpa. Men Jess kunde inte lämna tjetjenen i ryggen. Hon tittade ner på pistolen i sin hand. En knubbig Sig Sauer P320; hon hade aldrig hanterat just en sådan tidigare, men kände igen den, visste hur man hanterade den. Hon slog om säkringen och vilade fingret mot varbygeln, närmade sig försiktigt dörren till Fortunas kontor.

Kontoret var tomt, och en dörr på andra sidan stod öppen. Dzhokharov var borta.

”Skitsame”, sa Jess mellan tänderna och sneglade på den bärbara datorn som stod öppen på skrivbordet. Gjorde en snabb huvudräkning.

Nej. Om allt går åt helvete här, måste de få veta att det har dragit igång. Dags att kalla in kavalleriet.

Hon hukade bakom skrivbordet och drog ner laptopen på golvet, lade pistolen precis bredvid. Om någon tittade in genom någon av dörrarna kanske de inte såg henne direkt. Och förhoppningsvis skulle hon bara behöva ett par minuter.

Jess kunde inte tro sina ögon när hon såg skärmen. Dzhokharov hade lämnat den öppen i en kryptoplånboksapp. Inloggad.

Har jag tid?

Jag tar mig tid.

Hennes fingrar dansade över tangentbordet, hon varnade sina egna att det hade brakat loss på Isla Fortuna – de visste redan exakt var den låg från hennes första hack – och att det var dags att skicka in allt kavalleri de hade tillgängligt. *Ett av målenheterna är fortfarande här i denna stund,* la hon till, och växlade sedan tillbaka till kryptoplånboken. Med ett flin satte hon igång med att snabbt se till att Dzhokhorov inte skulle ha finansiering nog att köpa ens en flygbiljett hem till Tjetjenien.

Hon kunde höra avlägsna rop, men förvånansvärt få skott. Hon och Pascal hade räknat till tio vakter och två andra assistenter på Josefs nivå som alla var beväpnade, bortsett från Fortuna själv. Med tanke på det kaos hon och Pascal just hade utlöst hade hon väntat sig betydligt mer skottlossning.

Hon stängde laptopen och kilade tyst till dörren som Dzhokharov måste ha använt och upptäckte att den ledde ut, en utgång på sidan av huvudbyggnaden. Hon lyssnade, hörde Fortuna vråla order, någon som svor tillbaka på spanska. Hon rynkade pannan.

Sa han verkligen det jag tror? Anklagade han just Fortuna för att ha gett dem värdelösa vapen?

Hon tittade ner på pistolen i sin egen hand. Det var Josefs, och Fortuna hade uppenbarligen anförtrott Josef en hel del. Var Fortuna verkligen så paranoid att han gav sina egna folk attrapper?

Det gick på ett ögonblick att mata ut magasinet och titta på patronen som syntes överst. Den såg ut som en riktig patron för Jess, men de andra vakterna borde väl ha märkt vid det här laget om skotten de fått var lösa? Hon drog ut patronen, vägde den i handen. Den kändes inte annorlunda än någon annan riktig patron hon någonsin hanterat, och även om hon aldrig hade varit fältagent hade hon ändå behövt uppnå och behålla en hyfsad skjutstandard när hon jobbade för NSA.

Det finns bara ett sätt att få veta.

Hon hade redan bestämt vad hon skulle göra. Hon skulle ta itu med Fortuna om hon stötte på honom, men planen var att hitta Mariska och försäkra sig om att hon var i säkerhet, skydda henne tills de amerikanska styrkor som var på väg kom och säkrade stället.

Alla ljus på ön slocknade medan Jess sprang nerför stigen mot tjejernas sovsal, och hon snavade till innan hon återfick balansen. *Pascal*, tänkte hon med ett litet leende. Det fanns inte en chans att Fortuna själv skulle ha släckt sina lampor. Pascal levde och var där ute och spred kaos.

Dörren till sovsalen stod öppen och platsen verkade tom när hon kom fram. Jess vågade fälla upp laptopen några sekunder, tillräckligt för att skärmen skulle tändas och ge henne lite ljus att se i.

"Mariska?" väste hon. "Är du här? Det är Jess! Jag har kommit för att hjälpa."

Något kallt nuddade vid sidan av hennes hals. "Och vad tror du att du kan hjälpa till med?"

Det var en kvinnas röst. Med brytning. Spanska. Jess rörde inte på huvudet.

"Hör du inte skotten? Jag ville hämta Mariska så att vi kan gömma oss", sa hon.

"Det är därför du har en pistol, eller hur? Och en dator? Var i helvete fick du tag på den?"

Vad hon än håller mot min hals så är det inte en pistol. Jess tog en kalkylerad risk, kastade sig snabbt framåt och snodde runt, med pistolen uppe.

"Camila?" sa hon, häpen.

I det svaga ljuset från laptopskärmen såg den andra tjejen väldigt annorlunda ut. Håret uppdraget i en bestämd hästsvans, hon såg lugn och beslutsam ut. Och även om det inte var en pistol i hennes hand kunde den tunga, tandade brödkniven göra ordentlig skada... och om det där verkligen var blod som droppade från bladet, hade den redan gjort det.

Camila bara såg på henne ett ögonblick, sedan sänkte hon kniven. "CIA?" frågade hon.

Herregud. Hon är också en undercoveragent.

"Homeland Security", sa Jess. Det låg nära sanningen, och allt annat skulle ta för lång tid att förklara.

"Guàlizean Secret Police", sa Camila, så att Jess tappade hakan. "Jag har redan gömt Mariska. Följ med mig. Har den där laptopen fortfarande internet när strömmen är borta?"

"Förmodligen inte, men låt oss hitta ett gömställe och kolla." Fortfarande omtumlad följde Jess efter Camila, som ledde henne runt bakom sovsalen och in i en dunge med palmer, sedan kravlade de över några klippor. Det var besvärligt med laptopen och pistolen, men Jess tänkte verkligen inte lägga ifrån sig något. Camila stannade till slut efter att ha trängt igenom några buskar, och Jess följde henne in i en liten glänta på andra sidan. En där Camila uppenbarligen hade varit ganska upptagen med att ordna ett slags litet flyktnäste… där Mariska satt på en filt, ansiktet blekt i månskenet.

”Jess!” utbrast Mariska och försökte resa sig.

”Sch, stanna där.” Jess hukade sig, ställde ner laptopen kort för att ge Mariska en snabb kram. ”Är du okej?”

”Ja. Vad händer? Är Mr Montalban…”

”Det är han som släckte ljuset.” *Hoppas jag.* ”Han kommer att leta efter oss. Hjälp är på väg.” *Det är den väl…*

”Kan jag se laptopen?” frågade Camila, och Jess nickade och räckte över den.

”Varför är Guàlizean Secret Police här?” frågade hon tyst, medan hon såg på när Camila knappade på tangentbordet. ”Är inte det här venezuelanskt territorium?”

”Tekniskt sett, men han har fingrarna i alldeles för många syltburkar i Guàlize City. Vi har bevakat honom i månader men kunde inte få in någon förrän jag anmälde mig frivilligt att åka till Caracas och ta mig in i gänget av lyxeskorter som han tar in ibland. Jag har varit av och på den här ön tre gånger, men jag har aldrig lyckats få tillgång till någon av hans datorer förrän nu.” Camila grimaserade och slog igen locket på laptopen. ”Internet är nere när strömmen är av. Jag måste ta med den här.”

”Eh, nej, jag tar med den”, sa Jess bestämt.

”Du har redan hackat stället. Lämna mig åtminstone en smula.” Camilas tänder var vita i månskenet när hon log. ”Jag såg dig, den andra kvällen. Jag tänkte försöka bryta mig in i serverrummet själv. Du var redan där inne.”

Jess kunde inte tro det. Hon sparkade sig själv mentalt; hon hade gjort exakt samma misstag som hon räknat med att Fortuna och de andra skulle göra med henne. Hon hade avfärdat de andra tjejerna på ön som oviktiga spelpjäser utan att egentligen tänka på dem. Camila hade utan tvekan spelat upp misshandeln hon fått av Hayworth, kanske till och med hetsat honom till våld, så att hon skulle lämnas ifred och ignoreras, vilket gav henne fria händer att smyga runt och ställa till med bus.

Hon öppnade munnen för att säga något, men Mariska grep tag i hennes arm.

"Sch! Någon kommer!" viskade den tjetjenska tjejen, med ögonen uppspärrade av panik.

De tre satt helt stilla och tysta. Mansröster hördes nära.

"Hämta den tjetjenska tjejen." Det var Fortunas röst. "Montalbans kvinna kommer för henne. Jag kunde se det; hon var mjuk i hjärtat när det gällde ungen."

"Ja, boss." En ficklampa fladdrade; någon gick in i kvinnornas sovsal. "Ingen här, boss", ropade vakten tillbaka en stund senare, och Fortuna svor.

"Hitta dem! De kan inte ha kommit långt. Tjejen var skadad, knappt gångbar. Om inte Dzhokharov hämtade henne." Han verkade nästan resonera högt med sig själv. "Var är den jäveln, egentligen? Jag kan inte tro att han skulle jobba med amerikanerna."

Vakten väntade tålmodigt på fler instruktioner; Fortuna for plötsligt ut mot honom, viftande med pistolen. "Varför står du och hänger? Hitta den där jävla tjejen och ta henne till mig!"

"Var kommer du att vara, boss?" frågade vakten, nästan lugnt. Han verkade vara rätt van vid Fortunas plötsliga utbrott. Uppenbarligen brydde sig den avhoppade CIA-mannen inte om att tygla temperamentet inför sin personal.

"Vid kassaskåpet, där jag har enheten." Fortuna verkade lugna sig. "Det är min hävstång. Montalban kommer vilja säkra den. Fan också, Dzhokharov lär försöka få tag på den med. De kommer till mig. Ta hit tjejen, och hitta de andra."

"Ja, boss."

Steg hördes som rörde sig bortåt, men ficklampan lyste stadig. Vakten började röra sig runt och lyste med lampan in i buskarna, mumlade för sig själv. "Tjej! Gömmer du dig?" ropade han. "Du kan komma fram nu, inget mer trubbel!"

Camila nuddade lätt vid Jess handled. När Jess såg på henne, gestikulerade den guàlizeanska agenten mot pistolen i Jess hand, men skakade sedan på huvudet och lade fingret mot läpparna.

Använd inte pistolen, för högt ljud, tolkade Jess tyst och nickade. Camila höll upp sin kniv och pekade på sig själv, sedan mot vaktens vaggande ficklampa.

Herregud. Camila var så fullständigt odramatisk om det! Visst, Jess hade dödat Josef, men det hade varit i stridens hetta och hon visste att hon skulle behöva göra en hel del självrannsakan om det senare.

Camila väntade inte ens på att Jess skulle svara; inte för att Jess hade haft minsta aning om vad hon skulle göra, bortom att försöka avråda henne. Camila bara gled tyst ut ur deras skyddade lilla håla och försvann i natten.

Sextio sekunder senare kom ett kvävt, tvärt avhugget skrik, och sedan ljudet av något tungt som slog i marken.

"Döda hon honom också?" viskade Mariska, och Jess bestämde sig för att hon definitivt inte skulle fråga hur många män Camila hade dödat innan Jess hittade dem.

"Ja", svarade hon lågt, just som Camila dök upp nedanför dem och vinkade. "Jag måste gå, Mariska, men jag tycker att du ska stanna här där det är säkert. Hjälp är på väg; kom inte fram förrän ön är säkrad. Om... om något hän-

der och du inte kan hitta mig? Kom ihåg det här namnet
och upprepa det tills någon lyssnar på dig. Liane Hagerty,
Hestia Global Security. Har du det?"

"Jag har det. Men jag följer med dig." Mariska hävde sig
upp på fötter med en liten grimas av smärta, men hon var
uppenbart beslutsam. "Jag bär den där. Ni två tycker båda
att den är viktig. Jag tar hand om den åt dig." Hon pekade
på laptopen, och Jess tvekade bara ett ögonblick innan hon
räckte över den.

"Den är inte viktigare än du. Om du måste använda
den för att stoppa en kula, tveka inte." Hon försökte hålla
tonen lätt och retfull. Såg hur Mariskas spända axlar slapp-
nade av en aning när hon tog laptopen och slöt armarna
hårt om den.

"Pistolen kanske är värdelös", sa Jess i ett mjukt under-
ton när de återförenades med Camila, som gick igenom
den fallne vaktens fickor. "Jag tror att Fortuna inte litade
på sina vakter. En av dem skrek att hans skott var lösa."

Camila fällde ur sig flera svordomar på spanska, men
hon plockade också upp den blodiga brödkniv hon slängt
vid vaktens kropp och höll den i vänster hand när de rörde
sig tyst tillbaka mot huvudbyggnaden.

Jess önskade att hon hade dragit ut kniven ur Josef nu,
men hon gissade att Sig Sauern i värsta fall skulle funka rätt
bra som tillhygge om hennes skott visade sig vara lösa trots
allt.

Eld lyste upp natten framför dem, och Jess svor och
tryckte in Mariska i skuggan av byggnaden de passerade.
Någon hade tänt eld på det halmtäckta taket på ett deko-
rativt lusthus – en av Fortunas män, som försökte få lite
ljus att se i? Hon gissade att det inte var Pascal. Det var han

som hade släckt ljuset, helt säkert. Han skulle aldrig ge upp fördelen med mörkret.

"Vem det än är", viskade hon till Camila, "så är det fienden. Det är inte Pascal."

"Då tar vi hand om dem."

De hade bara tagit ett steg framåt när en fullständigt öronbedövande smäll bröt loss, en explosion uppe på öns topp.

"Jävlar!" Jess kastade sig platt av instinkt, innan hon skyndsamt kröp bakåt för att återansluta till de andra.

"Gjorde Pascal det där?" sa Mariska vördnadsfullt, medan de såg lågor skjuta upp i natthimlen, vida större än den mindre elden nära dem. "Det där är Fortunas villa, eller hur?"

"Ja." Camila log grymt. "Åh, det där kommer han inte gilla."

Det där var Pascals verk, med all säkerhet. Han levde och var där ute och ville ställa till kaos, och den explosionen skulle dra alla som en magnet. Vilket betydde, om Jess förstod något alls av Pascals taktik, att han skulle ligga bakom dem och vänta på att slå till när de sprang blint in i tumultet.

Hon var mer än villig att hjälpa, men hon behövde också hitta honom och tala om att hon hade kallat in förstärkning. Det kunde inte vara så långt borta nu, eller hur... CIA skulle ha förhandspositionerat flottfartyg tillräckligt nära för att kunna skicka hjälp snabbt när de väl visste var ön låg.

Eller det hoppades hon i alla fall.

"Kom. Jag måste hitta Pascal." Hon började röra sig framåt igen, med Camila och Mariska efter sig, men det enorma smattret från automateld framför dem, mynningsflammor som lyste upp mörkret längre bort, fick dem alla att kasta sig ner igen. En sekund senare insåg Jess att de inte var i fara; elden var riktad åt ett helt annat håll. ”Fortuna har plockat fram det tunga artilleriet!” Det där var ingen halvautomat, ingen AR-15 eller UZI. Det där var en helautomatisk, militärklassad kulspruta.

”Han *är* ju vapenhandlare!” skrek Camila till henne över det öronbedövande ljudet, innan det tvärt tystnade.

Poäng till henne. Och om han sköt på Pascal, då var hennes partner rejält illa ute. Jess drog ett djupt andetag.

”Stanna med Mariska”, sa hon till Camila. ”Jag ska försöka ta den som har vapnet bakifrån.”

”Du är inte klok!” sa Camila, men hon tog Mariska under armen och började backa.

”Göm er. Jag hittar er!” Jess gav Mariska en snabb blick, en som hon hoppades var lugnande, innan hon började springa.

KAPITEL TJUGOTRE

DET ABSOLUT BÄSTA HAN kunde göra för Jess var att hålla Fortuna upptagen, så i samma sekund som Pascal slog i marken i ett hagel av glas, kastade han sig upp igen och sprang för glatta livet. Fortuna sköt ännu ett skott ut genom fönstret, vrålade av vrede, och Pascal hörde hur det knastrade av glas under skosulorna när vapenhandlaren följde efter ut.

"Vad är det, Maroney?" ropade Pascal över axeln medan han rundade första hörnet han kommit ifrån.

"*Vad* kallade du mig?" Fortuna lät uppriktigt förbluffad, och han hade slutat röra sig. Pascal hörde inte längre hans idiotiska Loubisharks gnissla.

"Sebastian Maroney? Du trodde väl inte på allvar att CIA helt hade tappat bort dig? Biträdande direktör Spires vill gärna växla ett par ord." Pascal chansade i blindo där, men Spires var ungefär i samma ålder som Fortuna. Oddsen var goda att de kände varandra.

"Den där jävla dumma kärringen! Hur hon nånsin blev biträdande direktör övergår mitt förstånd." Ett svagt gnissel. Fortuna var i rörelse igen. Pascal väntade precis vid hörnet, redo att hugga tag i Fortuna när han rundade det. Han skulle sätta sina pengar på sig själv i en brottningsmatch mot den andre. Fortuna hade blivit lat och Pascal tvivlade starkt på att han höll igång någon slags träningsrutin.

Fast han kom inte runt hörnet: i stället hördes ett klick när en dörr stängdes, och Pascal svor lågt. Fortuna hade börjat tänka igen, skulle inte gå rakt in i ett bakhåll. Skulle förmodligen utnyttja sin överlägsna kännedom om öns byggnader och terräng för att ta sig runt bakom Pascal och försöka överraska honom...

Han tvärvände och sprang.

Jess var smart nog att hitta ett gömställe, tänkte han, men han behövde hålla Fortuna ur balans, hindra honom från att samla sig. Han behövde ett fungerande vapen, men det enda han visste med säkerhet hade riktiga kulor var Fortunas eget.

Och det skulle förmodligen finnas mer i Fortunas privata villa, den uppe på kullen, den som ingen annan fick gå in i. Pascal måste ta sig dit upp bums och skaffa sig en utjämnare.

Men först behövde han en distraktion, och han behövde göra det mycket svårare för Fortuna och hans vakter att röra sig fritt, så han sprang mot en kritisk del av infrastrukturen som han lagt märke till redan första dagen. Det tog bara några sekunder att greppa en sten från marken och slå sönder låset på elskåpet, några till att slå om brytare och börja rycka ur säkringar och kablar, göra så mycket skada han kunde med bara händer och en sten. Gnistor sprutade och alla ljus på ön slocknade på ett ögonblick. Rop ljöd, och Pascal log.

Det där håller dem sysselsatta.

Mörkret var hans vän. Han sprang ljudlöst uppför kullen, lyssnade på ropen ovanför sig, klev av stigen in i de mörkare skuggorna under några palmer när två vakter kom dundrande förbi, ropande till sina kamrater, frågande vad som stod på.

Fortuna har inte ens investerat i radio åt dem. Lat, övermodig... Pascal hade svårt att tro att en före detta CIA-agent kunde ha sjunkit så lågt. Han fortsatte springa, tog sig över det drygt en och en halv meter höga staketet runt den privata villan och brydde sig inte ens om att leta efter en dörr, utan sparkade in ett fönster och tog sig in den vägen. Om en vakt hörde honom och kom för att undersöka saken skulle han få en otrevlig överraskning.

Villan var lyxig, men bara på fyra rum. Det tog Pascal bara sekunder att genomsöka den och hitta en låst dörr, och ytterligare sekunder att rycka av ett bordsben och använda det som kofot för att ta sig in.

Ljus. Han behövde för fan ljus. Fälld av sin egen slughet. Han hittade ljus och en cigarettändare i en låda i pentryt – ett katastrofkit för orkaner. Tillräckligt för stunden. Han tände inget än, stannade för att snabbt kolla utanför, skakade på huvudet åt inkompetensen hos vakterna som övergett sina poster vid första tecknet på trubbel. Inte konstigt att Fortuna inte litade på dem med riktiga kulor.

Den korta låga som blixtrade till från tändaren fick Pascals haka att sjunka när han såg vad som fanns inne i det där förrådet. "Nå, nå", mumlade han innan han tände ett ljus, ställde det försiktigt i dörröppningen – på tryggt avstånd från det som fanns i garderoben – och började rafsa åt sig.

Han var gruvligt frestad av en futuristisk kulspruta, vad han var rätt säker på var en Sig Sauer XM250, den som den amerikanska armén nyligen tecknat avtal om att köpa men som inte ens skulle börja levereras förrän tidigast om ett år, men han grep i stället efter en mer välbekant FN-SCAR, även om han tyckte att det var den nyare SCAR-H-modellen snarare än SCAR-L han använt under sin tid hos Rangers. De fyra matchande 20-skottsmagasinen var tomma, och han svor lågt för sig själv och drog fram en ask 7,62 mm-kulor från en låg hylla, fyllde ett magg så fort han bara kunde. Han skulle försöka fylla de andra i farten. Några granater i fickorna fullbordade bytet han behövde – nu gällde det att se till att ingen annan skulle beväpna sig här inne. Han grep en röd behållare med ett flin.

"Det där blir fint!" Han armerade brandgranaten medan han sprang, vände sig om och kastade in den genom garderobsdörren precis innan han dök ut genom samma fönster han kommit in genom och höll för öronen medan han hukade sig tätt mot marken.

Explosionen slog omkull honom, men bara för ett ögonblick, och sedan var han uppe och sprang igen, tryckte in patroner i ett annat magasin medan han rörde sig, tog sig över staketet och dök ner i undervegetationen på andra sidan.

Ett skri av vad som lät som ren urilska kom nerifrån. Fortuna, gissade Pascal, som tappade det fullständigt av Pascals sabotage. Förhoppningsvis var det där Fortunas enda reservförråd.

En sekund senare krossades den förhoppningen när kulor började slita genom träden. Pascal kastade sig platt igen, svor grovt. Det där var en annan kulspruta, och han tvivlade inte på att det var Fortuna som hanterade den, vansinnig av raseri och fast besluten att förgöra honom.

Jag måste av den här kullen. Han vet att jag måste vara här uppe. Han slängde geväret på ryggen och kröp på magen ner genom snåren så fort han bara kunde. Ett kvinnoskrik någonstans framför fick honom att fräsa mellan tänderna och öka tempot ytterligare.

”Åh, fan.” Jess stannade mitt i sin kryssning genom träden, vände sig om och tittade bakom sig. Hon var rätt säker på att det där var Mariska. En sekund senare kom Dzhokharov i blickfånget, silhuetterad mot den brinnande paviljongen; han släpade Mariska i håret.

”Kom hit ner, din jävla hora!” Det var Fortuna som skrek, även om hon inte kunde se honom. ”Ge dig, eller så skär Ruslan upp henne!”

Hon är hans fru. Skulle han...? Ja, det skulle han. Mariska pep och grät, och även om Jess förmodligen hade ett skottläge på Dzhokharov, kunde hon inte se Fortuna, och hon visste inte ens om kulorna i hennes pistol var riktiga.

”Du har tills jag räknar till tio. Ett. Två.”

”Jag kommer!” ropade hon, i hopp om att få honom att stoppa eller åtminstone sakta ner räkningen. Köpa lite tid. *Var är du, Pascal?*

”Ge dig fan i det”, sa Pascals röst, chockerande nära, och hon vred runt.

”Pascal?” väste hon, försökte att inte avslöja deras position för någon annan.

”TRE!” vrålade Fortuna. ”FYRA!”

En buske prasslade framför henne, och Pascal reste sig. ”Gå inte ut dit, Jess!”

”Jag måste, han dödar henne!”

”Han dödar er båda om du gör det!”

”SJU!”

”Förlåt...” hon släppte pistolen, vände sig om och sprang. Hon litade på att Pascal skulle plocka upp den och ta skottet när han fick chansen.

Om de där kulorna är riktiga...

Hon sköt bort tanken och sprang fortare.

”TIO!”

”Här är jag!” Hon hasade till stopp bara någon meter från Dzhokharov, med händerna höjda för att visa att hon var obeväpnad. ”Släpp henne. Du vill inte skada henne. Hon är din *fru*.”

”Odugliga fitta kan inte ens föda mig en son.” Dzhokharov slängde ner Mariska i marken. ”Kanske tar jag med dig till Tjetjenien i stället, amerikanska spion. Kedjar dig vid sängen och avlar på dig tills jag sätter en son i din mage. Skär ut den och gör om allt igen. Gör dig nyttig.”

Jess försökte låta bli att rygga av omedelbar avsky. ”Du är inte man nog”, sa hon föraktfullt. ”Vi tjejer pratar, vet du. Jag vet vad du har.” Hon krökte lillfingret medvetet.

Dzhokharovs ansikte förvreds av raseri, och han klev fram och sträckte sig efter henne. Samtidigt som hon tog ett steg bak för att undvika, uppfattade Jess rörelse bakom honom. Silversken som fångade eldskenet när Mariska lyfte Camilas blodiga brödkniv och reste sig från marken, och stötte in den med all kraft hennes lilla kropp förmådde i sin makes rygg.

”Spring!” skrek Jess, utan att vänta på att Dzhokharov skulle falla, eller på att Fortuna skulle inse vad som just hänt. Hon grep Mariskas hand, drog bort den från knivbladet, och de sprang för livet.

Eldstötar smattrade bakom dem, inte den fruktansvärda dånet från kulsprutan, utan tre-skotts-salvor, precisa – skyddselden. *Pascal*, insåg Jess. Han hade på något sätt fått tag i ett automatgevär och täckte deras reträtt, om än till priset av att avslöja sin egen position. Kulsprutan svarade med ett vrål.

”Var är Camila?” väste Jess medan hon och Mariska flydde.

”Ruslan slog hennes huvud och hon föll”, flämtade Mariska tillbaka. ”Hon döda en annan vakt som hittade oss, men han kom bakom oss och slog henne.”

”Hon kan fortfarande vara vid liv. Vi måste hitta henne...”

Ett plötsligt dån fick dem båda att titta upp, ögonblick innan kraftiga strålkastare svepte över dem.

”Helikoptrar”, viskade Mariska.

”Hjälp”, sa Jess kort. ”Vi letar rätt på Camila och gömmer dig. Jag måste hitta Pascal.”

”Gå du. Jag kan det här.” Mariska rätade på ryggen. ”Jag döda Ruslan. Jag döda alla andra som försöka stoppa mig också.”

Jess hatade att lämna henne, men kulspruteelden hade inte tystnat. Fortuna hade bara bytt mål och sköt upp mot helikoptrarna, som tvingades retirera. Jess tvivlade dock på att det skulle dröja länge innan ön kryllade av vänligt sinnade.

”Var bara försiktig med vilka du dödar”, sa hon till Mariska innan hon släppte hennes hand och vände på klacken för att springa tillbaka in i striden igen.

Fortuna hade tappat förståndet, och Pascal var tvungen att stoppa honom, nu, innan han lyckades skjuta ner en av helikoptrarna. Han sprang nerför kullen, likgiltig inför blodet som rann från ett jack över revbenen där en kula plöjt upp en djup fårad skåra längs sidan. Han hade haft en otrolig tur att den inte gått rakt igenom, men det tyckte han var ett lågt pris för de dyrbara sekunder han köpt åt Jess och Mariska för att fly. Han hade sett till att sätta åtminstone ett par skott i Dzhokharov; tjetjenen hade fallit ner på knä, men var fortfarande vid liv och försökte nå runt bakom sig för att dra ut kniven. Efter Pascals skott gick generalen ner med ansiktet före och slutade röra sig.

"Adjö och tack för kaffet", muttrade Pascal när han sprang förbi Dzhokharovs kropp, drog en granat ur fickan och armerade den, höll tummen på tryckplattan tills han var på kastavstånd från Fortunas position, omöjlig att missa eftersom vapenhandlaren fortsatte skjuta mot helikoptrarna. "Hallå där, rövhål", ropade han. "CIA hälsar!"

Fortuna snurrade runt mot honom, munnen öppnades, men granaten hade redan lämnat Pascals hand, tändröret redan halvvägs genom sina tre sekunder. Fortuna hann inte ens skrika innan granaten exploderade i luften, mindre än en meter från hans ansikte.

Pascal hade slängt sig platt ännu en gång, medveten om att smällen var på väg. Tryckvågen krossade honom ändå för ett ögonblick, hans öron ringde när världen blev till ett vitt, dånande brus.

"Pascal. Pascal!"

Någon ropade hans namn. Vimmelkantig blinkade han upp mot Jess när hon grep hans arm, rullade över honom på rygg. Hon slet SCAR:en ur hans händer och spanade runt, hukande över hans orörliga kropp. Hon såg kompetent och livsfarlig ut och han lät sig ligga kvar en sekund, bara beundrade henne.

"Du borde nog låta mig ta den där", försökte han säga, men orden blev märkligt sluddriga och förvrängda, och han rynkade pannan.

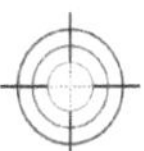

Pascals röst lät fel, och Jess avbröt sin avsökning efter hot för att titta ner på honom.

"Du är skadad", sa hon, och det var ingen fråga. Det var blod liksom smuts i hans ansikte.

"Bara en skråma", sluddrade han, kände på sidan, och till hennes fasa var det blod på hans skjorta också. Hans ögon gled igen.

"Pascal, ge dig inte! Håll dig vaken! Öppna ögonen!"

Hon kunde höra rop nu. Röster som kallade hennes riktiga namn, och Pascals.

"Hjälpen är här. Jag kallade in dem, allt blir bra. Pascal? Öppna ögonen!" Hon släppte ena handen från geväret för att känna efter hans puls, hans hals hal av blod när hon fumlade desperat. "Våga inte dö ifrån mig nu. Inte efter allt det här!"

Hon skrek fortfarande åt honom när starka händer tog vapnet ur hennes motståndslösa grepp och lyfte bort henne från hans kropp.

"Vi tar hand om honom, Miss Hagerty. Låt oss ta över."

"Pascal", snyftade hon, brast slutligen, tårarna rann nerför hennes kinder.

"Vi har honom."

Det var en amerikansk röst, och hon blinkade ilsket bort tårarna, tittade upp på den fullständigt jättelike soldaten framför sig. Han bar inte amerikansk uniform; hon försökte fokusera blicken på flaggan som var sydd på bröstet av hans djungeluniform.

"Vem är du?" mumlade hon, svajig som ett löv i vinden.

"Jack MacAuley. Tidigare Army Ranger, nu vid Guàlizeas hemliga polis. Vi sattes i beredskap av biträdande direktör Spires för två dagar sedan som den närmaste snabbinsatsstyrkan till den här platsen. Fler förstärkningar är på väg, men vi kom först."

"Jaha. Guàlizea. Jag träffade en av era. Camila? Jag vet inte hennes efternamn."

Hon lät trög och dum, och Jess uppfattade vagt att hon kunde vara på väg in i chock. MacAuley kikade henne i ögonen, grep hennes underarm och gav henne en mild skakning.

"Stadigt, Miss Hagerty. Jag behöver att du visar mig var enheten är. Jag måste säkra den, förstår du? Jag jobbar för guàlizeanerna, men den där enheten måste hamna i amerikanska händer."

Hon nickade, förstod vad han menade. Tittade på Pascal, som nu omhändertogs av två stridssjukvårdare.

"Jag är ledsen, men du måste lämna honom. Låt dem ta hand om honom." MacAuley drog henne i armen. "Enheten?"

"I huvudbyggnaden. Det gamla hotellsvalvet." Hon drog ett djupt andetag och tvingade sig att se bort från Pascal. Hon kunde inte göra mer för honom än vad de kunde. "Den här vägen."

Valvet var låst, och Jess misstänkte att nycklarna troligen låg i Fortunas ficka och mycket möjligt hade sprängts i bitar tillsammans med honom. Hon sa det till MacAuley, och den store soldaten blev bara allvarlig och ställde sig som en vägg framför valvdörren.

”Då väntar jag här tills biträdande direktör Spires ger mig klartecken att gå. Och jag tycker du ska stanna också. Det verkar som att Montoya inte är i skick att berätta vad vi behöver veta, så varför börjar inte du fylla i luckorna medan vi väntar.”

Jess ben bar henne inte riktigt. Hon gled ner på golvet i en osnygg hög och blev sittande med ryggen mot väggen.

”Hur går det där, Miss Hagerty? Behöver jag kalla på vårdare åt dig också?” frågade MacAuley.

”Nej, jag är inte skadad. Bara... trött. Väldigt trött.”

”Håll dig vaken och prata med mig”, beordrade han. ”Hur många andra fientliga finns kvar på ön?”

Hon skrattade halvt. ”Fortfarande vid liv? Ingen aning. Camila tog ut jag vet inte hur många med sin brödkniv, och Pascal måste ha dödat några, och jag körde in en kniv i Josef genom ögat...”

”Jag tror du får börja från början”, sa MacAuley efter ett ögonblicks lätt chockad tystnad.

Jess pratade i vad som kändes som timmar. Helikoptrar kom och gick ovanför, flera stycken; MacAuley sa vid ett tillfälle att Pascal hade flugits till Guàlize City för vård.

”Han blir okej. Såret på sidan är värre än han nog trodde; han har förlorat en hel del blod men min fru lappar ihop honom.”

”Din fru?” blinkade Jess trött upp mot den stora agenten.

”Hon är med i traumateamet på Santa Maria-sjukhuset.” MacAuley log brett, uppenbart stolt över sin hustru. ”Oroa dig inte för Montoya.” Han stannade upp ett ögonblick, uppenbart lyssnande på information i sin taktiska radio. "Mina folk har hittat Camila också. Hon lever; ser ut att vara hjärnskakad. De tar henne på nästa chopper ut."

"Vad sägs om Mariska?" mumlade Jess.

"Och vem är det?"

"En ung tjetjensk tjej. Hon var här med en av köparna, general Dzhokharov, men hon är bara ett barn."

"Alla oskadade icke-fientliga hålls för debriefing", sa MacAuley, inte ovänligt. "Troligtvis hamnar hon hos ert folk, eftersom hon inte är lokal. Det är fortfarande inte avgjort exakt vems jurisdiktion det här är, men för att undvika en incident med våra venezuelanska grannar är det högst troligt att Guàlize skyller allt på USA och låtsas att vi aldrig var här."

"Trovärdigt förnekbart?"

"Något åt det hållet." MacAuley lutade på huvudet. Mumlade något i sin radio. "Låter som att din chef är här?"

"Min chef?" Jess rynkade pannan. Hon hade inte energi att ta sig upp från golvet när biträdande direktör Spires kom marscherande in, omgiven av svartklädda, tungt beväpnade agenter, och blev stående och tittade ner på henne. "Åh. Hej." Hon viftade med fingrarna, ungefär allt hon orkade.

Spires hårda ansikte mjuknade en aning när hon såg henne. "Miss Hagerty. Det verkar som att du har haft en hektisk kväll."

"Mmm." Jess viftade vagt mot valvdörren. "Det är där inne. Eller var."

Spires nickade åt en av männen med sig, som klev fram för att föra ett lågmält samtal med MacAuley. Själv hukade Spires ner för att få ögonkontakt med Jess.

”Bra gjort, Miss Hagerty”, sa hon lågt. ”Väldigt bra gjort. Jag tvivlade på att du skulle klara det, men datahacket du genomförde var guld värt. Vi har spårat upp allehanda utrustning som redan hamnat, eller var på väg att hamna, i fel händer. Du har räddat oräkneliga liv.”

”Åh”, sa Jess, lite tagen. ”Och ni har båda de andra enheterna? Vi såg räden mot Hayworth-komplexet på nyheterna...”

”Japp, din syster klev in i räden. Den enheten är säkrad och hela kyrkans ledarskap lär hamna i finkan väldigt, väldigt länge. Den koreanska enheten är inte i våra händer än, men vi vet var den är och flottan bör ha den i säkerhet inom de närmaste timmarna.”

”Bra.” Jess hade redan bestämt att hon inte tänkte berätta för någon att det var synen av Liane på tv som triggat krisen. Det kunde nå hennes syster, och Jess ville inte lägga den kunskapen på Lianes samvete. ”Du. Jag behöver en tjänst.”

Spires log snett. ”Jag tror du har tjänat ihop till några. Vad gäller det?”

”Det finns en tjej. Mariska. Hon är tjetjensk. Jag vet att ni måste förhöra henne, men tappa inte bort henne, okej? Jag har planer för henne.”

Kanterna av Jess synfält började mörkna. Hon kände hur hon började sjunka åt sidan, inte längre kapabel att hålla sig upprätt mot väggen när de sista krafterna tog slut. ”Och säg till Pascal”, mumlade hon, men orden kom inte ut, och det sista hon såg var hur Spires roade min förstelnades till oro när allt blev svart.

KAPITEL TJUGOFYRA

FYRA VECKOR SENARE

PASCAL TRYCKTE PÅ KNAPPEN till porttelefonen och väntade, kastade en blick över axeln mot hyrbilen bakom sig för att se att den stod tillräckligt långt bort från vägen så att ingen förbipasserande skulle sideswipa honom. Han hade varit på Hestias kontor först, där Liane beklagande hade sagt att Jessikah tog en ledig dag... och sedan, med ett flin, lagt till att hon var ganska säker på att Jess var hemma.

Grinden gled ljudlöst upp efter ett par minuter, tillräckligt länge för att Pascal skulle hinna börja undra om Liane hade fel. Han hoppade in bakom ratten igen och körde sakta in bilen, stannade den på uppfarten och såg beundrande på huset. Jess skötte sig verkligen bra.

Den massiva dörren i trä och frostat glas gled lika tyst åt sidan, och där stod hon – håret återigen färgat i den där underbara akvamarinblå sjöjungfrunyansen, en lös vit sommarklänning som inte dolde att hon gått ner i vikt och såg lite för smal ut, barfota.

"Pascal", sa hon misstroget, nästan hängande i dörren. "Vad…"

"Jag tog med en gäst till dig", sa han och gestikulerade, och Mariska kastade sig ur passagerarsätet och flög på Jess.

"Åh herregud!" Jess slängde armarna om Mariska och höll henne hårt när den tjetjenska flickan började snyfta mot hennes axel. "*Pascal.*" Jess egna blå ögon skimrade av tårar. "Kom in. Ni båda… kom in."

Jess satte dem båda vid köksbordet och hällde upp glas med isvatten. Hon lade handen på Mariskas axel, som om hon knappt kunde tro att den andra flickan verkligen var där. Pascal log åt den ömma gesten.

"Hon ser fin ut, eller hur?" sa han varmt.

Det gjorde Mariska verkligen. En månad med ordentlig mat och lite terapi – efter ett par dagars intensiv avrapportering – hade gjort underverk. Hennes hår glänste, ögonen var klara, och hon hade på sig bekväma shorts, T-shirt och sneakers; mycket mer passande för en tjej i hennes ålder än de slampiga klänningar som Dzhokharov hade tvingat på henne.

"Hon ser fantastisk ut. Det gör du med." Jess gjorde en halv gest, som om hon tänkte sträcka sig efter honom, men lät handen falla. "Har du återhämtat dig okej?"

"Allt är bra." Förbanden hade äntligen åkt av bara tre dagar tidigare, men det tänkte han inte berätta. "Förlåt att jag skrämde dig."

"Ja, att nästan blöda ihjäl skulle jag kalla att skrämma livet ur mig!" Jess gav honom en sträng blick.

Mariska ryckte till, och hennes hand smög sig in i Pascals. Jess såg det och gav honom en förvånad, storögd blick.

"Jag bad om att få bli utsedd till Mariskas förmyndare", sa Pascal snabbt, för att avstyra vad Jess nu kunde tänkas undra. "Det är en massa papper som måste ordnas för henne, förstås, men... om jag adopterar henne juridiskt blir vägen till amerikanskt medborgarskap mycket smidigare."

"Han säger att jag får kalla honom pappa", sa Mariska förtjust.

"Åh herregud." Jess lade handen över munnen, och ögonen fylldes av tårar igen.

"Jag vill gå i amerikansk skola. Lära mig... saker. Allt jag inte kan." Mariska ryckte på axlarna. "Det kan ta tid, men jag gör det. Pappa lovade att hjälpa."

"Det gjorde jag." Han gav henne ett ömt leende och kramade hennes hand. "Och... vi pratade om andra saker också. Jag ska inte gå undercover längre, av rätt uppenbara skäl – jag har en dotter som är beroende av mig nu. Och ett skrivbordsjobb på Langley är inte riktigt min grej, och jag vill inte heller knytas till någon ambassad utomlands."

"Så?" frågade Jess och korsade armarna. Hon såg ut som om hon knappt vågade hoppas.

"Tja, regeringen är förstås tillbörligt tacksam för vad vi gjorde. Jag kan i princip välja vilken myndighet och ort jag vill bli förflyttad till. FBI har ett stort kontor här i LA... eller så nämnde du att det kanske fanns en öppning för mig på Hestia."

"Det gjorde jag, ja?" Ett litet leende snuddade vid hennes läppar, och hon såg på Mariska. "Vet du, det finns en riktigt bra skola inte långt härifrån. Flera av Hestias anställdas barn går där, och när jag tänker efter är rektorn skyldig mig en tjänst... Jag löste ett litet näthatproblem de hade för ett par år sedan. Om ni två bodde inom skolans upptagningsområde är jag säker på att jag skulle kunna få in Mariska."

Det gnistrade som stjärnor i Mariskas ögon, och hon såg från Pascal till Jess och tillbaka igen, desperat vädjande.

"Satsar på att hyresmarknaden här omkring är rätt bedrövlig, dock", sa Pascal, nu trygg i vad Jess skulle svara, men oförmögen att motstå att retas lite till med Mariska.

"Fasansfull. Det här är ett stort hus, däremot. Jag tror att jag skulle stå ut med ett par rumskamrater." Jess brast ut i skratt när Mariska skrek av förtjusning och hoppade upp för att krama henne.

"Åh Jess. Åh. Jag älskar er så mycket. Och du, pappa – jag älskar er båda!"

"Om du ska kalla honom pappa", sa Jess, "så kan du kanske fundera på att kalla mig mamma. Om det inte skulle kännas för konstigt."

"Mamma." Mariska provade ordet innan leendet blommade upp igen och lyste upp hennes söta ansikte. "Nej. Nej, det är inte konstigt, det är *perfekt*."

"Det tycker jag med." Jess kysste Mariska i pannan.

"Kan vi skaffa en katt?" Mariska såg bedjande upp på henne, och Jess skrattade igen.

"Vi kommer att ha händerna fulla med en krävande tonåring, ser jag. Men ja, självklart kan vi det. Om du tycker att det är vad vi behöver för att bli en riktig familj."

Mariska hoppade förtjusande upp och ner av upphetsning.

"Varför går du inte och utforskar? Bara rör inte datorerna när du kommer till mitt arbetsrum", ropade Jess efter henne när Mariska vände sig om och nästan sprang därifrån, lika glad och uppspelt som ett betydligt yngre barn på julaftons morgon.

"Vi gav henne precis ett nytt hem och en familj och lovade henne en katt", påpekade Pascal när Jess skakade på huvudet, road. "Hon mår bra, men allt är mycket att bearbeta för henne just nu. Hon får säkert ett sammanbrott och gråter sig till sömns senare."

"Bra att veta." Jess nickade, uppenbart med på att lägga informationen på minnet, och om Pascal kände henne rätt tänkte hon redan ut strategier för att hjälpa Mariska att komma till ro lite enklare.

De såg på varandra länge i tystnad, och sedan log Jess mjukt och ömt. "Så", sa hon, kom fram och gled upp i Pascals knä, med armarna slingrade runt hans nacke. "Ett rejält hopp, från låtsasdejtande undercover till att jobba ihop på riktigt och samsas om föräldraskapet för en traumatiserad tjetjensk tonåring."

"Det är det", höll han med. "Och jag skulle inte klandra dig om det blev för mycket för dig."

"Det blir det inte." Hon lutade sig in. Kysste honom långsamt och dröjande. "Det är inte för mycket alls", viskade hon mot hans mun.

Han strök händerna längs hennes rygg och njöt av känslan av henne i hans armar. "Jag har en fråga", mumlade han. "I förtroende."

"Mm?"

"Mariska klamrade sig fast vid en laptop när hon hämtades upp. Fortuna hade själv slagit ut servrarna, och jag sprängde vad som fanns av datorer i hans villa, så det var allt vi hade kvar fysiskt. Och det fanns några detaljer om kryptotransaktioner där som CIA inte riktigt fick rätsida på... grejer som på något sätt inte kopierades över genom din mask till det vi såg utifrån. Alla pengar som de tjetjenska rebellerna hade, till exempel. De fördes till några andra kryptokonton, sedan ut till verkliga bankkonton, sedan

tillbaka in i andra kryptoplånböcker, och sedan ut igen...
och där tappade våra forensiska ekonomer spåret."

"Fortuna måste ha satt upp något automatiskt för att
göra det", sa Jess neutralt.

"Intressant, det där. Alla kryptoplånböcker Fortuna
hade som vi kunde identifiera – de som Hayworth och
Yoon förde över sina betalningar till, till exempel – de
gjorde inte så. Mynten sitter fortfarande kvar där."

"Så märkligt." Jess lutade på huvudet, ögonen oskyldigt
stora.

"I förtroende, Jess."

Hennes leende brednade. "Tja, om vi *verkligen* pratar i
förtroende. Mariska förtjänar några fina saker i livet. Tjugo
miljoner dollar borde ta hand om allt hon kan behöva.
Någonsin."

Det var precis vad han hade räknat ut. Jess behövde inte
pengarna, men nästan det sista hon sagt till Spires innan
hon tuppat av var att hon hade planer för Mariska. Han
visste inte hur hon hade gjort det, när hon ens skulle ha
haft tid, men han tänkte inte berätta för CIA om hennes
orättmätiga förvärv. De hade ändå lagt beslag på allt i For-
tunas kryptoplånböcker; de där tjugo miljonerna från de
tjetjenska rebellerna var en droppe i havet i jämförelse.

"Du har rätt", sa han och drog in Jess för ännu en kyss.
"Du har helt och hållet rätt."

"Mamma!" ropade Mariska någonstans uppifrån.
"Mamma, kan jag ta det här rummet? Det som vetter mot
havet – med det rosa överkastet?"

"Självklart kan du det, älskling!" ropade Jess tillbaka.

"Och var ska jag sova?" frågade Pascal.

”Åh.” Hon nuddade hans näsa med sin, och fingrarna gled ner för att knäppa upp den översta skjortknappen. ”Jag tänkte att du kanske skulle vilja dela master-sviten.”

”Jag älskar hur du tänker.” Han sökte hennes mun för ännu en djup, brännande kyss.

SLUT

Elitstyrkan Rescue Rangers kommer tillbaka – och ja, jag lovar, en dag kommer Mariska att få sin egen berättelse. EN DAG. Hon är bara ett barn. Och nu har hon ett par superbeskyddande föräldrar med några extremt specialiserade färdigheter som vakar över henne.

Nästa bok i serien ***Elitstyrkan Rescue Rangers*** blir ***En Ranger håller vakt*** – där en ny rekryt på Hestia Global Security får i uppdrag att livvakta ett synnerligen osannolikt mål, exfrun till en viss Saul Hayworth, numera en countrysångarsensation. Vet före detta fru Hayworth något om vad hennes ex höll på med? Det blir upp till Erik Linziger att ta reda på det... med alla medel som krävs.

FLER BÖCKER AV CAITLYN LYNCH

De Förlorade Australiska

Flickan i bäcken
Flickan på Yachten
Flickan i Herrgården

Hästryttarna på Ridgewater

Lita på resan
Bryta barriärer
Stadig mark
Skrivet i stjärnorna
Jul i Ridgewater

Elitstyrkan Rescue Rangers

Räddad av en Ranger
En Ranger återvänder
Under täckmantel med en Ranger
En Ranger mot världen
Rangers Hetta (endast för nyhetsbrevsprenumeranter)

Upptäck alla Shenanigans Press-utgivningar på vår webbplats(https://www.shenanigansp ress.com/se) !

Eller följ oss på sociala medier – vi finns på Facebook och Instagram (@Shenanigans-PressSvenska).

Och glöm inte att prenumerera på vårt nyhetsbrev för att få veta mer om nya släpp, erbjudanden, utlottningar och mycket mer!

www.ingramcontent.com/pod-product-compliance
Lightning Source LLC
Chambersburg PA
CBHW060540190726
48283CB00003B/802